Christi Schwester

Holger Niederhausen

Christi Schwester

Das Evangelium des Mädchens

Das Menschenwesen hat eine tiefe Sehnsucht nach dem Schönen, Wahren und Guten. Diese kann von vielem anderen verschüttet worden sein, aber sie ist da. Und seine andere Sehnsucht ist, auch die eigene Seele zu einer Trägerin dessen zu entwickeln, wonach sich das Menschenwesen so sehnt.

Diese zweifache Sehnsucht wollen meine Bücher berühren, wieder bewusst machen, und dazu beitragen, dass sie stark und lebendig werden kann. Was die Seele empfindet und wirklich erstrebt, das ist ihr Wesen. Der Mensch kann ihr Wesen in etwas unendlich Schönes verwandeln, wenn er beginnt, seiner tiefsten Sehnsucht wahrhaftig zu folgen...

1. Auflage April 2022

© Holger Niederhausen · Alle Rechte vorbehalten
Umschlagabbildung: Shutterstock / Jacob_09, verändert.
Herstellung und Verlag:
BoD – Books on Demand, Norderstedt
ISBN 978-3-7562-0113-6

Selig sind, die
vom Unsagbaren zeugen

1

Könnte beschrieben werden, welche Empfindungen es sind, in denen Jahrhunderte zusammenfallen, zusammenstürzen, aber auch sich vereinigen, in friedvoller Liebe, brennender Tugend und heiligem Eifer! Aber, ach, wie sehr müsste die Menschheit noch reifen, um allein für die neue Sprache reif zu sein, die dies erforderte! Sprechen wie ein Phönix – mit flammendem Leben, mit der Wucht feuriger Flügelschläge, die doch ganz nur aus Liebe bestehen, brennend vor Anmut...

Versuchen will ich es, und doch sterbe ich bereits vor Scham in dem Wissen, nicht berufen zu sein, denn Du hast den Geringsten gewählt; den, der alle Unfähigkeiten in sich vereint, so kann es nur heißen, wenn die Ehrlichkeit Bestand haben soll. Wie anders muss ich es nennen, dass Du zu *mir* kamst? O, hättest Du einen andern gewählt! Wie kann ich es tragen, an Dir zu zerbrechen – ach, nicht an Dir! Nicht an Deiner Schönheit! Nicht an Deiner sanften Gewalt. Und doch an alledem *auch!* Aber in tiefstem Grunde allein an der Un*möglichkeit* – denn nicht nur Unfähigkeit ist es –, etwas zu sagen von dem Unsagbaren.

Und wenn ich doch Worte bilden werde, wird man meinen, man würde zuhören und verstehen – aber was, wenn die Worte selbst zu Lügnern an der Wahrheit werden; zu hintertückischen Feinden, die rücklings die Wahrheit ermorden, weil sie nicht würdig geborene Kinder sind – sondern bösartige Krüppel. Aber nicht bösartig, einfach nur – versagend. Und wer hört, wird betrogen und selbst Betrüger, weil er glaubt – glaubt, verstanden zu haben, wo der Sprechende längst weiß, dass er gescheitert ist und dass der Irrtum sich unaufhaltsam fortpflanzen wird. Wie ein Verdurstender wird er am Ende innehalten, den Mund noch geöffnet und sich wünschend, er hätte nie gesprochen – denn seine unstillbare Hoffnung war, ein Zipfel seiner Worte könnte – könnte die Hörer tränken, sich zärtlich in ihre Seele träufeln, auf dass sie verstünden. Nur so! So allein wäre es möglich, was unmöglich ist.

Denn wer wird Worte hören und verbrennen – so, wie Du mich verbranntest? Meine Lebensflamme mit Dir nehmend und eine neue stiftend, die nun in mir wütet wie eine Schwanenfeder, auf dunklem Grund, stillstehend und, nur Auge seiend, auf mich gerichtet, und dieser geht unter, aufgehoben in das Wunder, das unsagbar bleibt... Und, siehst Du – schon jetzt rede ich irre, in den Augen aller, weil ich verzweifle an den Versuchen, zu sagen, was nicht einmal Flammen zu sagen vermögen, es wären denn *Deine*. Und sie sind es ja! Sie sind ja in mir, eingesät, wie eine unversiegliche Saat, aber Du hast vergessen, mir auch eine neue *Sprache* zu geben – als wolltest Du, als wäre es Dein fester Entschluss gewesen, dass ich an Dir scheitere, sanft zusammenbreche vor Deiner Sanftheit, weil ich kein Engel bin, auch kein Mensch, weil wir alle keine Menschen sind, weil wir verurteilt sind, erst zerbrechen zu müssen – um *leben* zu können. Versiegelt als das letzte Geheimnis, das niemand erreicht, weil wir uns selbst unter Irrtum begraben, der wir eigenhändig geworden sind.

Aber ich höre Deine sanfte Mahnung – und ergebe mich in mein Schicksal, denn ich soll sprechen. Du hast mich gezwungen, nein bezwungen, so wie die Liebe zwingt, denn besiegt von ihr, lässt sie einem nichts süßer erscheinen, als ihr zu gehorchen, auch wäre nichts anderes mehr möglich, denn man selbst existiert nicht mehr – es existiert nur noch etwas unnennbares Höheres, gleichsam ein Wesen gewordenes Staunen, in das man erstarrte, als Du einen berührtest. Wie aber kann man Erstarrung nennen, was reinstes Leben ist, törichter Sänger! Ist das Wunder des Schnees etwas Erstarrtes, wenn jedes einzelne Kunstwerk von unendlicher Wandlung spricht

– und leise, zärtlich zur Erde sich neigt, als würde die sanfteste Hand einer Künstlerin selbst jene streicheln? Und ist mein Staunen geringer als die Unendlichkeit zarter Flocken, jede für sich die Unendlichkeit spiegelnd? Und bin ich nicht ganz dieser Spiegel geworden, auch wenn die Geringheit in jedem Moment mich zu zertrümmern anhebt? Aber – ist das Erstarren etwas anderes als der innigste Wunsch, *nichts anderes* mehr zu tun, als – zu spiegeln? Weil eine andere Aufgabe gar nicht mehr sichtbar ist – als jene: *Zeugen* zu schaffen? Zeugen des Unsagbaren, du Tor, was hofftest du...

2

Sie kam zu mir im Traum. Aber ein Traum war es nicht, das *Kleid* war der Traum, die Wirklichkeit wählte es, weil etwas anderes unmöglich war. Was rede ich? Ich weiß nichts – nur dies: dass der Traum nur das Kleid war, die Trägerin aber wirklicher als alles Leben, das wir wagen, mit diesem Namen zu nennen.

Da war ein Mädchen. Nur kurz sah ich, wie zärtliche Blitze, wie sie aufwuchs in ländlicher Schönheit, bei liebenden Eltern, drei Jahr lang, dann ward sie fortgerissen, wie, weiß ich nicht, und gleichsam gespült in die Großstadt. Auch wieder nur Blitze, sie hatte nun Eltern, die nicht mehr die ihren waren, gemein, stumpf, anfangs vielleicht sogar gutwillig, aber vom Leben gezeichnet, kraftlos, zermahlen im Mörser der modernen Mühlen, die gnadenlos sind und mitleidlos morden, und jeder verweist auf das, was *ihn* treibt. So lebte das Kind, inmitten von Toten, die ihr Leben hatten im Müden, im Sich-Dahinschleppen, Erholung im Zynischen, in Spott und Entweihung. An Wahrheit glaubte niemand in ihrem Umkreis, an das Schöne noch weniger, erst recht nicht an das Letzte – und doch lagen die Funken erloschener Hoffnungen glimmend unter jeder zu Asche gewordenen Seele. Der Seelen Tod ist ein Siechtum – und so ist tot keine und sind es doch alle...

Sie aber, sie – diese Eine! Sie wuchs auf wie umbrandet und doch nicht berührt von der *Schlacke*. Und doch schien sie mehr als jeder andre betroffen. *Sie* wurde verspottet, gemieden, verachtet, geschlagen, wie ein Magnet. Was zog dies auf sich? Das Dunkle braucht nur das andre – anders zu sein reicht schon, nichts braucht der Hass als den leisesten Anlass. Geifer aber speit er und aufbrandend zum Höchsten seines Finstren ist er, wenn er das wirklich andere trifft. *Sich* fühlt er dann getroffen, und wahr ist dies, aber in Wirklichkeit trifft ihn nur der eigene Irrtum. Was er vollkommen nicht ist, wird ihm vollkommener Spiegel – er sieht sich selbst, weil etwas *nicht* so ist wie er.

So zog sie alle Blicke auf sich – weil sie nicht wie alle anderen im Sumpf versank, dem doch auch sie angehörte, denn für alle gleich war die Umwelt. Alle versanken, weil diese Umwelt ein Sumpf war – doch warum dann nicht diese Eine? Einst konnte Einer auf dem Wasser wandeln – aber auf *Sumpf*?

Noch dazu war sie schwächer als alle – geboren zum Sinken! Oft trug sie Flecken auf Antlitz, Armen und Rücken, hatte man sie einmal wieder geschlagen. Ihr die Beine zu brechen, wagte man nicht – aber alles andere war nur vergänglich. Die Tage starben vorüber, und eines Morgens stand sie von neuem da, strahlend wie der Erste Tag, leuchtend wie die Sonne, und die Unschuld ihrer Augen versengte alles...

Es gab die, die sie liebten – aber auch diese wurden geopfert. Spott und Finsternis ergoss sich auf sie und ließ sie verstummen. Sie aber ging zu ihnen und stand ihnen bei.

Dann wurde sie älter – und als sie etwa zwölf Jahre alt war, da war sie so schön, dass nur noch der feige Spott es wagte, sich selbst zu beschämen; ihre *Schönheit* zu schänden, wagte der Finsterste nicht mehr. Wohl gab es manche, die so tief schon den Fluch in sich trugen, dass sie begehrten, die Eine nun *gänzlich* zu schänden. Doch das Wunder geschah – die Schönheit berührte andre der Halbstarken, und diese wurden ihre heimlichen Beschützer. Wundersam war es, wie sie ihr niemals nahe traten, nur den anderen wehrten. Der reine Spiegel des Wesens, das sie schützten, bewirkte, dass sie sich selbst sahen. Würdig waren sie nicht – und wussten es. Was sie taten, war erste Stufe der Läuterung, allererste – und nur bei ihr.

Dann vollendete sie ihr dreizehntes Jahr – und ward so schön, dass niemand mehr sie schützen musste, denn selbst der verworfenste Jüngling hätte sie nicht mehr berührt. Vor ihrem Angesicht erstarben die üblen Regungen. Ein Blick aus ihren Augen ließ vergessen, dass es Böses gab. Was war es, was das Gift in den Herzen auflöste, für Momente, wie wenn Raum und Zeit wechselten, als stünde die Menschheit noch in einem Paradies – was war diese Macht, von der man getroffen ward, wenn man sie anblickte und sie einen? Es war die Macht einer endlosen Machtlosigkeit, es war die Macht der Schönheit selbst, aber einer gleichsam überirdischen Schönheit, denn wie konnte man sagen, sie war von dieser Welt? *Welche* Schönheit war es? Es war die Unschuld. Soll man sagen, die Sonne der Unschuld, die aus diesem Blick hervorbrach; soll man sagen, der stille, unendlich tiefe See der Unschuld? War sie versengend; oder versank man in ihr? Gleichwohl, man war getroffen, und die Machtlosigkeit entmachtete jede Macht – und siegte, und sterbend erklärte man sich für besiegt, und man starb mitten in die Schönheit hinein.

Aber dieser Tod war Leben. Denn fortan gab es nichts mehr, was man *mehr* ersehnte, vorsichtig, beschämt, selbst als Mordbruder auf einmal fast zärtlich, als von diesem Blick hingestreckt zu werden, indem man sich selbst freiwillig besiegt gab, nur um es vielleicht um ein winziges mehr zu verdienen, von ihm getroffen zu werden. Und während sein süßer Tod das Leben war, erschien alles übrige Leben – wie Tod. Und so war auch hier ihr Blick Spiegel – denn das übrige Leben *war* Tod, und man hatte ihn selbst verbreitet und eingelassen und sich mit ihm gemein gemacht. Manch einer, der in diese Augen blickte, wurde lebensmüde – aber in Wirklichkeit wurde er todesmüde. Ihre Augen weckten die Sehnsucht nach demselben Leben, das in ihnen lebte, aber nur in ihnen, sonst gab es dieses Leben nirgends, aber das war nicht *ihre* Schuld...

Wen ihr Blick traf, der wurde todesmüde, aber es *gab* nur
Tod.

3

Und dann ward sie vierzehn. Wer durch die Umstände zu ihrer Nähe gehörte, hatte sich längst an sie gedrängt, zögernd, ehrfürchtig, niemals aufdringlich, stets nur schüchtern ihre Nähe suchend, wie die anderen, und zugleich schien es, als bildete alles eine heilige Gasse, wo auch immer sie ging. Man liebte ihre bloße Gegenwart, wusste nichts, was labender sein konnte – und wusste zugleich, dass man sie nicht verdiente, wie niemand. Aber auch, dass sie es nie verwehrte, bei ihr zu sein. Niemand wagte, das Gleichgewicht zu stören, das sanft herrschte, weil jeder an ihrer Gegenwart Anteil haben durfte. Wie eine heilige Betäubung fühlte man sich in etwas Höheres erhoben, fühlte die Sinne schwinden, wenn man etwas mit ihr sprach, und sich doch gleichsam in eine höhere *Klarheit* gesandt, die man nur noch nicht ertrug. Wie wenn die Läuterung einen überflutete – man musste sie danach erst wieder abtropfen lassen, bis man von neuem bei Verstand war. Doch dieser Verstand, er war gerade nichts anderes als die Unfähigkeit, zu schwimmen in dieser Flut, zu fliegen in diesem Himmelreich, für das man nie Fittiche erworben hatte.

Und jeder tat, als wäre das Geschenk ihrer Gegenwart etwas, was nun einmal so wäre – und jeder wusste, dass das zutiefst nicht stimmte, aber keiner gestand es, und doch wussten es alle voneinander, und so blieb das Gleichgewicht gewahrt. Die Überfülle lebte unter ihnen, und man konnte nicht anders, als es hinzunehmen, sich beschenkt zu fühlen und schweigend so zu tun als – könne dies ewig währen. Aber auch: als müsste man sich nicht weiter ändern. Man änderte sich. Auch miteinander. Aber nicht genug. Man war noch immer blind. Man hatte nur Augen für sie – aber es war nicht ihre Schuld. Sie wollte die wahren Augen geben – aber man nahm sie nicht auf. Man verstand noch immer fast nichts...

15

Dann ward sie vierzehn. Und die Menschheit hat keinen Begriff von Unendlichkeit. Sie begreift nicht, wie sehr die Unendlichkeit verwundend in die Endlichkeit einschlagen kann. Ihre Schönheit war so groß, dass man sich wie in Qualen wand, wenn ihre Gegenwart nahte. Und man wusste, was es war – dieses Mysterium der Unschuld, das zusammen mit ihrem inneren und äußeren Blühen jedes Maß überstieg. Man ertrug es nicht mehr, und man wünschte sich noch immer nichts sehnlicher; was man nicht mehr ertrug, war die ertränkende Tiefe der eigenen *Sehnsucht*. Ihre Gegenwart verwundete nicht mehr nur, sie verbrannte einen völlig, zu Asche, jedes Mal, und wie oft konnte man dies ertragen? Man war ein Nichts, wenn man ihr begegnet war, ein freundliches Wort von ihr richtete einen zugrunde. Man begriff nicht, wie man später wieder ‚jemand' war, denn es war wie etwas Lückiges, eine Ansammlung von Löchern, ein wandelnder Irrtum, eine erstohlene Kulisse – und auch diese zerfiel beim nächsten Mal zu Asche, und selbst die Asche wurde verbrannt...

4

Und dann geschah etwas anderes. Eines Tages brach sie zur Mittagszeit sanft zusammen – ein Jüngling fing sie auf. Er war danach für sein Leben gezeichnet, denn er verheiratete sich niemals und träumte sein Leben lang nur davon, er hätte sie einmal küssen dürfen. Und doch war er für sein Leben beschenkt, war in all diesem Unglück selig – und wurde ein zutiefst guter Mensch. Sie aber kam nach kurzer Zeit auf einem Stuhl wieder zu sich, und als sie sanft ihre Augen öffnete, wusste man nicht, was sich verändert hatte, denn für eine Steigerung hatte man schlicht kein Organ mehr, man spürte nur, *dass* etwas geschehen war. Und sie erhob sich und blickte alle, die sie umgaben, sanft und zärtlich einmal an – der Segen dieses letzten Augenblickes erschlug einen jeden in seiner Sanftheit. Und dann sagte sie, sie müsse gehen – und sie tat es. Und viele meinten, in diesen letzten Momenten ein Leuchten um ihr Antlitz gesehen zu haben.

5

Das Bild des Traumes veränderte sich. Ich fühlte mich wie hineingesogen in große Geschehnisse. Ich sah sie in der Hauptstadt des Landes. Welches Landes? Es kam mir wie mein eigenes vor, und doch war es wie urbildlich, als wenn es zugleich *jedes* Land war. Ich sah Szenen, in denen sie handelte, und verstand die Worte nicht – aber es waren große Bilder, jene des Evangeliums. Sie stieß Tische um, und es waren die Tische des *Mammon*. Menschen folgten ihr in großen Scharen, und darunter waren Kranke – und in Wirklichkeit waren *alle* krank. Und manche berührten ihr Kleid oder den äußersten Rand ihres Umhangs – und waren geheilt, und die heilende Kraft lag offen zutage, sie war unsichtbar, aber jeder spürte sie. Und die Menschen hungerten, und sie wurden gespeist. All diese Bilder sah ich, und sie senkten sich mit größtem Eindruck in meine Seele, und sie schienen zu glühen vor Dramatik, aber es war eine *innere* Dramatik, eine Intensität an der Grenze zur Unendlichkeit.

Und dann wandelte sich die Szene von neuem. Es war, wie wenn ich noch näher eintauchen sollte, und wie wenn eine Stimme zu mir sagte: Höre und schreibe... Nun erlebte ich Szenen im Detail, nun hörte ich Worte, nun wurde es ein Kosmos, in dem ich mich *mit* befand, nah und einzeln, ich sah alles, oft bis zu den Wimpern der Augen, aber wie auch nach innen blickend. Ich wusste um die Herzen und Seelen und was in ihnen lebte – und sie schien es mir zu zeigen. Aber wer war *sie*?

Und das Geschehen überwog nun. Ihre Schönheit überwältigte mich noch immer – aber ihre Umgebung schien blinder als jemals. Es schien, als hielten sich die Menschen, die ihr begegneten, nun an ihren eigenen Lügen fest, ihren Lebenslügen, ihren Irrtümern, ihren Vorurteilen, ihren Denkleichnamen, und als *wären* sie dadurch blind. Und zugleich schien es, als würde ihre Schönheit nun vom Kampf gegen die Finsternis aufgesaugt, bis sie fast menschliches Maß erreichte – oder als hätte sie selbst sie aus Mitleid mit den Menschen gemäßigt, oder auch, um nicht durch sie zu überwältigen, sondern durch Einsicht zu wirken, aber auch ihre Schönheit hatte so gewirkt. Man sah ein, wie verloren man gelebt hatte; wie sehr man nicht gelebt hatte. Aber nun sollte man es auch *anders* einsehen, so schien es.

Sie machte sich geringer, damit niemand sagen könne, er sei nur durch ihre Schönheit besiegt worden. Oder sie schlug die Menschen mit Blindheit, damit dies nicht gesagt werden könne. Nun ging es um das, was gesagt wurde. Erklären kann ich dies alles bis heute nicht, ich weiß nicht, wie es zusammenhing. Selbst *mich* verschonte sie etwas mit ihrer Schönheit, damit ich mehr auf das andere achten könne – und doch verbrannte ich noch immer fortwährend zu Asche, aber sie schenkte mir ohne Unterlass neues Leben...

6

Ein Mann trat zu ihr und fragte: Wer bist du? Sie aber entgegnete: Du weißt es. Wie sollte ich es wissen, woher? fragte der Mann. Hast du noch nie in dein Herz geblickt? fragte sie. Und der Mann stand erschüttert und sagte und bat: Lehre es mich. Und sie lehrte es ihn...

Die anderen alle, die ihr begegneten, forderte sie auf, wieder mit dem Herzen zu sehen. Viele gingen sturen Blickes weiter, aber ich sah: aus Angst. Und sie erkannten ihre eigene Angst nicht. In Härte und Hochmut erstarrt, dachten sie, sie sei ihnen lästig, wie alle anderen, die etwas wollten – Geld, Zeit, Aufmerksamkeit. Und blind waren sie, weil *sie nichts* wollte: nur retten.

Andere blickten für Momente auf, geweckt für Sekunden, errungen für weiteres Wachstum – und versanken doch wieder, zurück in den Schlaf, den sie kannten. Achte darauf, sprach sie, zu mir!, achte darauf, wer diesen Schlaf gibt. Und auch ich stand wie erschüttert. Den Schlaf gibt? Doch sie gab keine Erklärung, ich fand keine Ruhe, denn das Geschehen ging weiter. Wer gibt den Schlaf – ich wusste es nicht. Gab jemand den Schlaf? Sie sah meine Fragen und lächelte, voll Mitleid...

Viele dieser Szenen gab es, sehr viele, zu viele. Sie gaben mir einen großen Schmerz in *mein* Herz. Ich litt daran, dass all diese, denen sie begegnete, stur weitergingen. Ich litt um *ihretwillen* – um sie, die so vergeblich mahnte. Und eines Tages lächelte sie wieder, ich meine: sah sie mich an, und sagte: warum leidest du um meinetwillen? Verstehst auch du noch immer nicht? Und *wie* sie dies sagte, ging mir durch Mark und Bein. Kein Vorwurf war je sanfter – und keiner ließ jemals das Versagen heftiger spüren. Das Feuer der Scham riss gleichsam Wunden, diese wurden zu Augen, aufgerissen im vergeblichen Bemühen, etwas zu sehen – und leidvoll erkennend, dass ich noch immer nicht wusste, was zu sehen sein *sollte*. Und ich verging in Scham, und sie heilte den Brand, indem sie ihr lindes Mitleid in die Wunde goss, mit ihrem Lächeln, das neue brennende Scham gab. Gegensätze fielen in eins zusammen. Man fühlte sich versagen, man fühlte sich nicht verurteilt, und was brannte, war die Sehnsucht zu *bestehen*...

Und während sie in heiliger Güte sie alle, alle und alle, die ihr begegneten, ansprach und mahnte und aufforderte, lächelnd und liebend, wuchs in mir Erkennen. Mein eigenes Erkennen, denn wie in einem Traum war ich eingebunden in mein Leid und musste finden, was ich so sehr ersehnte. Nicht mehr zu versagen, sondern zu *erkennen*. Etwas von dem zu erreichen, was sie wollte. Zeigen, weisen, lehren, geben. Und ich erreichte, dass ich ein Winziges verstand: die Sehnsucht war Feuer und Wasser zugleich. Unfähig in allem war man – und wusste es, o seliges Wissen! Man litt unter der Wunde, die man war, weil man nichts zustande brachte, von dem man doch wusste, nicht, dass man es *sollte*, nein, dass man es *wollte* – und nein: dass man es musste! Und dies war nichts, was jemand auferlegte, es war das heiligste Wissen selbst: Nur dies macht dich – zu dir! Du weißt jetzt, dass du noch nicht bist. Wie das Senfkorn... Was aber führt zum Wachsen? Welch heilige Innenkraft. Ist nicht alles Wachstum Sehnsucht – Sehnsucht nach dem Wunder der eigenen Bestimmung? Und, erschütternd traf mich im selben Moment die Sonnenmacht ihres Lächelns, und eine der Wunden schloss sich für immer...

7

Doch andere wehrten ihr, wehrten der Heilung und ihr, der Heilerin, und dachten, erstrebenswert sei es, zu bleiben, wie man war. Am wenigsten schmerzt eine Wunde, die nur stille schwärt, während die *Heilung* einen fast wie der Wahnsinn herumwerfen würde, rettungslos, schlaflos, hoffnungslos – *zunächst.*

Und sie begreifen nicht, dass dieses Un-heil längst Heilung ist, denn ist nicht der Kranke, der *weiß*, viel geheilter als jener, der nicht weiß – und letztlich nur eins will: so *bleiben?* Welche Labsal aber ist es, zu wissen, *was* die Gesundheit wäre, nachdem man seit ewigen Zeiten vergessen schon hatte, dass man und wie krank man ist! Lieber ist man nun zeitlebens ein Kranker, als jemals wieder zu vergessen, dass man es ist. Das aber ist die wahre Liebe zur Gesundheit, dass man nie wieder vergisst. Liebe – der Kranke liebt, was er nicht ist, und er hat endlich aufgehört, zu lieben, was er ist, nämlich krank! O, selige Wahrhaftigkeit, o du Beginn jeder Rettung! Liebe – und dies ist Liebe. Liebe zur Wahrheit ist Liebe zu dem, was die Wahrheit *ist.* Und die Gesundheit ist die Wahrheit. Der wahre Zustand ist das, was nicht mehr sagbar das Ziel ist, die Heilung, Bestimmung, die Gnade, die Freude, die Erfüllung.

Der Segen – und das Unsagbare. Welche Sprache hat die sprechende Menschheit für die letzten Fragen? Sie hat die Sprache, die sie hatte, längst verloren, denn die letzten Fragen *betreffen* Krankheit und Heilung, aber nichts flieht man stärker als diese, denn man hält sich für gesund oder doch nicht ganz krank – und wird gerade kränker und kränker, denn die Verleugnung *ist* Krankheit. Krankmachend aber ist dann der Geist der Lüge, er ist der Kränker. Und da ich dies dachte, lächelte sie so milde, so zart bestätigend, dass ich verstand, wie das Weibliche hinanzieht: durch sein bloßes *Sein.*

8

Und ich sah, wie sie Mädchen und Frauen begegnete – und sie ihr. Viele erwiderten ihr in stillem Einverständnis. Mir war dies lange nicht aufgefallen. Erst jetzt wurde mir klar: Sie begegnete ebenso vielen weiblichen Menschen wie männlichen, warum nur hatte ich nur auf diese geachtet? Und für einige Zeit achtete ich nur auf jene, die ihr Geschlecht teilten.

Da gab es die Frauen, die waren ganz wie die Männer, die vielen: starr und blind gingen sie weiter, gewohnt, nicht zu sehen, so zu tun als ob. Abzuweisen. Abweisend gingen sie durch die Schluchten der Großstadt, weil man es eben so machte. Dieser ‚man‘ hatte die Macht – unterworfen auch sie.

Andere reagierten zumindest müde. Was sie auch sagten, der Sinn war immer: Du hast gut reden! Und er bedeutete: Sie selbst hatten schlecht reden. Kein Reden mehr. Es bedeutete: Anpassen. Nicht reden, sondern anpassen. Gebeugt unter den Zwängen des Lebens. Sie hatten gelernt, sich zu beugen. Und stiller, unerkannter Hass richtete sich auf die, die sich noch nicht gebeugt hatten, weil sie es noch nicht mussten, wie sie meinten. Hass galt denen, die es besser hatten. Vor allem aber denen, die einen beugten, aber das wagte man nicht zu spüren. Und beugte einen nicht letztlich das Leben selbst – und hasste man es nicht dafür? Nur lief dieser Hass ins Leere, denn wer war das Leben? Und so hasste man doppelt: das Leben doppelt dafür, dass niemand zu strafen war. Und andere mit, selbst wenn sie schuldlos waren. Hass gebiert Hass, wie ein ewig kochender Topf. Ist einmal der Hass entkeimt, wer würde ihn stoppen? Sagt man nicht auch vom Unkraut, dass es nicht mehr vergeht? Wer aber war dessen Säer?

Und ihr Blick traf mich und ließ mich die Frage nicht wieder vergessen: Wer war der Säer? Wer säte den Hass?

Und andere Frauen erwiderten wissend. Ja, es ist, wie du sagst. Ja, wir wissen... Und ich freute mich für sie, für die heilige Mahnerin. Denn waren hier nicht Gleiche, Ähnliche, Vorbereitete, solche, die verstanden? Und wieder dauerte es, bis ich sah, wie es doch anders war. Ja, gewiss war hier mehr als bei den anderen. Aber freute sie sich? Sie lächelte – auch hier. Aber ich sah, nach und nach, die winzigen Zeichen. Mitleid, auch hier – das war es nicht. Ich fühlte, als lernte ich mühsam überhaupt erst zu sehen! Es war, wie wenn jede einzelne Nuance in mich drang, und ich, nicht wissend um ihr Sein, lange Zeit in ihr ruhen musste, um mich von ihr beherrschen zu lassen, sanft, wie der Zucker das Wasser beherrscht, das er unsichtbar, aber ganz durchdringt. Und ich lernte, die feinsten Spuren zu spüren, die Sprache der Seele.

Und ich lernte und sah: Ihr Mitleid war heilig-leise begleitet von einer Spur eigenen Leides – und doch war selbst *dies* neues Mitleid. Wie ein Kleid aus blauem Samt durchwirkt ist mit einem feinen Goldfaden – und das Gold nicht der Widerspruch ist, sondern die Erhöhung. So war ihr Leid das Gold ihrer Seele – das Gold, das sie schenken wollte, aber man nahm es nicht an. Zurückwogende Liebe, weil sie an ein unsichtbares Hindernis traf, noch immer – das war ihr Leid! Reine Liebe, die nicht fand, was ihr Ziel war, und nur darum traurig zurückkehrte, nur um gleich wieder von neuem den Aufbruch zu wagen – das war diese stille Nuance. Und je mehr ich sie kannte, desto mehr trug ich Leid, denn ich sah! O, ich sah, wie sie litt – so tuend, als sei nichts!

Aber, was? so hätten die Frauen vielleicht dann gefragt. Wir verstehen – warum leidest du? So hätten sie gefragt, hätten sie die feine Spur gesehen. Sie taten es nicht, und ich allein bewegte mich durch die Irrgänge neuen Lebens, das sich mir auftat, als ich sehend wurde. Nicht einmal Irrgänge waren es – es war wie der Flug der Vögel am Himmel. Man weiß nicht, wie sie ihren Weg finden, aber sie irren nie. Nur ich irrte herum, mühsam die Sprache lernend, und das Mysterium war: Die Sprache der Seele lernt man nur, weil man sie geheimnisvoll kennt. Nur das Wiedererkennen geschieht – und ist so schwer, weil man gelebt hat, als kennte man nicht; weil man verlernt hat, als bräuchte man nicht. Fast wie völlig neu ist es, und doch könnte man nicht ein Iota lernen, wüsste man nicht bereits. Die Seele birgt also geheimnisvoll etwas, was alle Schätze bereits enthält, und man hat nur – begraben.

Und als ich in ihrem Leid leben lernte, wie ein Same in einem dahinwehenden Hauch, den sonst niemand bemerkt, für mich aber war es die Welt, ein Meer, je tiefer ich sank, je sanfter ich fühlte, je klarer ich sah, je mehr das Reine leuchtete, je größer das Rätsel ward, wie ich je hatte nicht sehen können; je mehr ich lernte, in einem zarten Hauch zu leben, wie andere auf fester Erde lebten, in protzigen Palästen, dumpf wie ein Fels – desto mehr sah ich, was die, die verstanden, nur meinten und dennoch immer noch flohen. Denn niemand verstand wirklich.

Diese verstanden, aber sie schwiegen. Diese verstanden, aber akzeptierten. Diese verstanden, aber nahmen hin. Und indem sie hinnahmen, begann ihre Seele zu schweigen. Und es war nicht das Schweigen, was sein, was leben sollte. Es war ein Schweigen der Müden. Die ersten Müden waren leise Hassende. *Diese* Müden hassten nicht – und wurden von ihr schon deshalb gesegnet. Und doch waren sie müde. Und doch leugneten sie es, taten, als müsse es sein. Richteten sich ein und verloren die Kraft, das Müde zu verlieren, wenn die Zeit kam, weil *sie* kam. Diese also nickten, obwohl sie verneinten. Sie verneinten die Rettung, weil sie sie halb nur begrüßten, nicht als Rettung, als Bestätigung nur. Sie fühlten sich gesehen, aber sie waren die Müden, und sie sahen nicht, dass die Heilende kam, sie nahmen nicht die heilige Kraft des Fluges von ihr, empfingen sie nicht, wiesen sie von sich.

Aber was hätten sie tun sollen, stattdessen? Ich fragte mich dies. Auch Weckerin werden? Wecken wozu? Und – weckte *sie*? Was genau tat sie? Und was taten jene? Und wieder tauchte ich ein – und spürte Nuancen und trug meine Frage und ließ sie befruchten, im Rhythmus der Stille. Ja, ich spürte: sie wollte wecken. Nur was? Die Seele. Nur wie? Und was wussten die Frauen, die sagten: wir wissen? Was nahmen sie als Botschaft, und wo irrten sie, worin?

Sie waren geduldig, Dulderinnen, das waren sie. Und das war nicht, was sie schmerzte – das war ihr Leid nicht. Was war es dann? Es war, dass sie waren wie Blumen, die unter Steinen wuchsen, und nicht merkten, wenn die Zeit zum Blühen nahte. Sie waren wie Vögel, die still im Käfig sangen, und denen nicht das Herz sich regte, wenn die Tür anhob, sich zu öffnen. Sie kannten nicht mehr das *Frohlocken*. Sie kannten nicht mehr das *Blühen*. Das – das war es, was ihr Leid gab. Sie, die eine Leuchtende, konnten auch sie nicht verstehen, obwohl sie es sagten. Leise, leise verstanden sie – aber zu leise. Auch sie resignierten. Auch sie hatten nicht den Mut. Den Mut, an das Blühen zu *glauben*. So war es der Glaube, der ihnen fehlte. Glaube ist Kraft. Ihnen fehlte die Kraft. Glaube ist Liebe. Ihnen fehlte die Liebe. Und *sie* – sie wollte dies alles schenken. Aber auch sie wehrten ab. Beschenkt wollten sie nicht werden, bestätigt nur – in ihrer Müdigkeit, auch sie. Nicht hassend, nur müde. Nicht Krallen, nur ermattete Flügel. Und auch die Sehnsucht nach Fliegen ermattet... Dies war ihr Leid. Wie heilt man Mattheit?

Und dann gab es Frauen, Mädchen und halb Mädchen, halb Frau, die erwiderten: was? Sie sahen ihr Lächeln, ihr Leuchten – und fragten: was willst du? Und darin lagen die Worte: wir brauchen dich nicht. Auch sie sahen, sehr deutlich. Und wiesen zurück. Was willst du? Die Zeit ist jetzt neu, du kommst zu spät (zu spät *wofür*?). Wir konnten es ohne dich. Du gehörst nicht zu uns. Wir nahmen, was uns zusteht – und siehst du? alles ist unser. Wird unser, bald ist es soweit. Uns gehört die Hälfte der Welt, und dies allein ist unser Ziel. Ist es erreicht, sind wir zufrieden. Was soll man noch? Träumerei ist der Rest.

Und wieder lächelte sie – und sah ich Nuancen. Und mir kamen die Worte: Meine Zeit ist noch nicht gekommen. Und still ging sie vorüber. Und die Frauen und Mädchen drehten sich um, nach ihr, und fragten: Wer war diese?

9

Und ich träumte und sah: Sie ging auf einen großen Berg, allein mit sich im Gebet. Und ihre zarte Gestalt ward verhüllt von einer leuchtenden Wolke. Und ich sah die Vögel schweigen und die Baumwipfel und die Flüsse und Tiere des Waldes und alle. Und als sie wieder herabstieg, hob das Frohlocken der Welt wieder an, vielleicht fröhlicher – und alles wurde gesegnet durch sie.

Ein Mann begegnete ihr und sagte hilflos: Ich liebe dich. Und sie gab sich ihm. Dann gebot sie ihm, niemandem etwas zu sagen und sprach zu ihm: Du bist reich. Jetzt tue also. Nimm deine Liebe und gib sie hin. Und der Mann tat also, um ihretwillen.

Und ein Mann sprach zu ihr: Ich begehre dich. Sie aber antwortete: Lerne, dich zu sehnen. Er sagte: Das ist unmännlich. Und sie sprach: Wenn das Männliche so allein steht, wozu brauchst du mich dann? Und sie ließ ihn allein.

Es gab andere, die sie begehrten und liebten. Und sie gab sich denen, deren Liebe überwog. Und manche fragten: Warum gibst du dich mir? Und sie sprach dann: Weil du es ersehnt hast. Und wenn sie fragten: hast du keine Sehnsucht?, so erwiderte sie: doch. Sie aber fragten, welche. Da sprach sie: dass ihr die Liebe kenntet. Und sie lehrte sie jeden, der sie liebte.

Und einer fragte sie: Gibst du dich auch anderen? Ja, erwiderte sie. Da ward er traurig. Sie aber fragte ihn: Warum wirst du traurig? Er sagte: Weil die Liebe nach Ganzheit strebt. Sie küsste ihn und sprach: Ich liebe dich ganz. Aber du bist nicht das Ganze. Sei nicht traurig, lieber Freund. Die Liebe besitzt nur, was sie nicht besitzt. Du willst mich ganz besitzen, aber das ist keine Liebe. Lerne, zu erkennen, was es ist. Liebe mich – und liebe alles andere *wie* mich. Das ist ganz... Und sie verließ ihn liebevoll.

Und ein anderer gestand ihr: Ich liebe dich, weil du so schön bist. Sie aber sprach: ich weiß es. Und er fragte: Ist das Liebe? Sie tröstete ihn und sagte: Auch das ist Liebe. Du irrst, erwiderte er, es ist Begehren. Sie lächelte, küsste auch ihn und sprach: Du irrst, Geliebter. Lerne, zu erkennen, was es ist. Sie wollte ihn zärtlich verlassen, aber er hielt sie zurück. Ich liebe doch nur deinen Leib! klagte er. Sie sah ihm lange in die Augen – und er senkte die seinen beschämt. Du irrst, sagte sie noch einmal.

Einer sagte zu ihr: Du bist ein Engel. Denn auch ihm hatte sie sich gegeben. Sie erwiderte: Was ist ein Engel? Da sagte jener: Ich weiß es nicht. Jemand, der sich so hingibt wie du. Sie fragte: Warum tut ihr es nicht alle? Er aber sagte: Weil wir keine Engel sind. Sie küsste ihn zum Abschied und sagte: Liebe die Engel.

Und noch einer sprach: Du bezauberst. Sie erwiderte seinen Blick und fragte: Warum tust du nicht desgleichen? Jener aber verstummte. Sie ließ ihn aber nicht. Da sprach er: Man will nur die Mädchen schön. Das ist die Sünde, sprach sie. Liebe ist Sünde?, fragte er. Sprich nicht von der Liebe, erwiderte sie. Sie wird erst da sein, wenn auch die Männer schön sind. Warte nicht auf uns, sondern tue desgleichen. Sonst war mein Zauber vergeblich.

Und sie sprach zu einer Menge: Wie viel begreift ihr? So viel, als ihr Begriffe habt. Warum aber ist es unmännlich, sich zu sehnen? Und gleichzeitig freut ihr euch, bezaubert zu werden. Ist dies nicht unmännlich? Ich aber sage euch: Ihr wollt nur besitzen! Die Männer senkten die Augen. Sie aber fuhr fort:

Ihr macht den Zauber unwirksam! Zauber nennt ihr, was eurer Selbstliebe schmeichelt – aber kennt ihr die *Liebe* denn? Zauber nennt ihr, was euren Besitzwunsch befriedigt. Erkennet, woher *dieser* entströmt! O, ließet ihr euch nur wirklich bezaubern! Im selben Moment kenntet ihr die Wahrheit.

Und einige hielten sie zurück, denn sie wollte gehen, und baten: Lehre uns die Wahrheit. Sie sah in ihren Augen Aufrichtigkeit. Und sie sprach: Die ganze Zeit seid ihr verzaubert. Dieser Zauber ist falsch, doch ihr liebt ihn. Ich kam, euch zu *ent*zaubern. Erkennet, wessen Sklaven ihr seid! Lasst euch die Begriffe verwandeln. Das aber geschieht nur im Herzen. Sie segnete die Fragenden und ging von ihnen.

10

Man ließ sie kommen und sprach: Du musst dich verantworten. Sie fragte: vor wem? Und sie sagten: Vor der öffentlichen Ordnung, denn du störst sie. Sie aber antwortete: Ihr sprecht von Gespenstern. Ich sehe nur öffentliche Unordnung. Nicht einmal eure Begriffe sind geordnet. In euren Herzen ist Chaos und Tod, keine Ordnung. Ich *bringe* die Ordnung. Der Kosmos des Lebens – ihr seid seine Zerstörer. Verantworten müsst *ihr* euch. Sie fragten: vor wem? Und sie sprach: Lernet erkennen.

Und ein Reicher zog sie einmal beiseite und sagte: Ich gebe dir von all meinem Reichtum die Hälfte, wenn du dich mir hingibst. Sie sah ihn an, und er hielt sich lüstern an ihrem Blick fest. Da sagte sie: Wer hat, dem wird gegeben werden. Wer aber nicht hat, dem wird auch genommen, was er hat. Wovon redest du, fragte er. Schau in dein Herz, erwiderte sie. Ich gebe dir meinen *ganzen* Reichtum, wenn du dich *mir* hingibst. Da senkte der Reiche die Augen, denn das konnte er nicht. Als sie gehen wollte, hielt er sie zurück und bat zaghaft: lehre mich. Ihrem Blick hielt er nun nicht mehr stand. Lehre dich selbst, sprach sie. Du besitzt bereits alles. Gib fort, was zu viel ist.

Einem Armen gab sie sich, obwohl sein Begehren größer war als seine Liebe. Nachdem sie sich hingegeben hatte, war er geheilt.

Ein anderer erfuhr davon und sprach: Gib dich auch mir. Sie erwiderte: Das ist nicht dasselbe. Und er sprach: Aber ich habe ein Recht. Sie fragte woher. Du gabst dich ihm, und ich bin kein anderer, war seine Antwort. Sie sagte: Jeder ist anders. Er erwiderte: Du diskriminierst. Sie sagte: Du forderst. Die Liebe unterscheidet. Und sie wich von ihm.

Und ein Jüngling, der sie liebte, fragte sie heimlich: Du gibst dich so vielen. Fürchtest du nicht, wie eine Hure zu gelten? Sie fragte: bin ich es denn? Er sagte: niemals. Sie fragte: Soll ich mich auch dir geben? Zögernd fragte er: würdest du es? Sie bejahte. Sie sah aber sein Zögern. Da sprach sie: Auch du willst mich besitzen. Er sprach: Ich will nur... Sie erwiderte: Du willst nur den Engel – und für dich allein. Aber ich liebe!, sagte der Jüngling. Noch nicht genug, erwiderte sie. Er aber fragte: Warum gibst du dich allen? Sie sah ihn an, er senkte die Augen. Da sprach sie: Dies ist mein irdischer Leib, den ich für euch hingeben werde. Er sank auf die Knie und gestand: Ich bin deiner nicht wert, verzeih mir... Da gab sie sich ihm, denn er war würdig geworden.

11

Die Zeitungen brachten Nachrichten. Es standen darin Lügen, Schmutz, halbe Wahrheiten, salbungsvolle Zeilen, entfremdete Lettern, Druckerschwärze fast alles.

Man wollte Interviews mit ihr führen, sie aber sagte, soviel sie wollte – und wann sie es wollte. Jedem erwiderte sie etwas, vieles wurde niemals gedruckt.

An einem Tage im Herbst stellte sie sich auf einen großen Platz und sprach: Ihr lebt in und mit der Lüge. Warum tut ihr euch das an? Ein Mann rief: Man zwingt uns. Sie aber sprach: Ihr zwingt euch selber. Mich zwingt keiner. Ein anderer sagte: Gehst du denn nicht in die Schule? Sie sprach: nicht mehr. Er fragte: Und wenn sie dich holen? Und er zählte auf: Jugendamt, Polizei, Sozialarbeiter, Psychiatrie. Sie erwiderte: Ist das eure Ordnung der Liebe? Er sagte: nicht unsere, das machen ‚die'. Sie sprach: Warum lasst ihr das zu?

Eine Frau aus der Menge fragte: was willst du machen? Sie erwiderte: was willst *du*? Die Frau sagte: Man *kann* nichts tun. Sie erwiderte: wie heißt du? Die Frau nannte ihren Namen. Und sie sagte: Werde, die du bist. Du hast die Kraft dazu. Und sie wandte sich an die Menge: Ihr alle habt die Kraft dazu. Niemand unterdrückt euch – nur das, was ihr zulasst. Ein Mann sprach: Wir müssen essen. Ein anderer: Wir müssen arbeiten. Ein anderer: Wir werden behandelt wie Sklaven. Ein anderer: Wie Vieh. Ein anderer: Jedenfalls nicht wie Menschen. Sie aber sprach: Sind hier jene unter euch, die euch so behandeln? Ein Mann erhob die Stimme und sprach: Auch die Führenden werden getrieben. Jeder steht unter dem Zwang.

Welcher Zwang?, fragte sie. Einer sagte: Wenn du's nicht tust, machen es die Chinesen. Einige lachten. Ein anderer sagte: Jeder gegen jeden. Das ist das neue, alte Gesetz. Wenn du nicht versklavst, wirst du versklavt. Wen du nicht versklavst, der ist dein morgiger Herr. Sie erwiderte: Schön, dass es ausgesprochen ist. Wird es auch morgen gedruckt werden? Jemand rief: Das weiß man, aber gedruckt wird es nie. Sie fragte: Warum nicht? Eine Frau sprach: Du bist naiv. Sie aber beharrte: Warum nicht? Einer sagte: Man will noch die Illusion, die Verhältnisse wären menschlich. Ein anderer: Das ist gut für das Investitionsklima! Ein Dritter: Den Chinesen ist das Klima egal. Ein Vierter: Wir wollen keine Diktatur sein, aber wir beugen uns der Diktatur der Globalisierung. Eine Frau sagte: Und trotzdem ist es bei uns besser als in China. Einer erwiderte: Aber wie lange noch?

Sie aber war längst von ihnen gegangen.

12

Vieles rumorte. Und von neuem warf man ihr vor: sie wiegele auf. Es stand auch in den Zeitungen. Sie sprach: Wen wiegele ich auf. Man sagte: Alle. Du sagst, niemand soll arbeiten. Du sprichst von Unterdrückung. Du sagst: Werft die Fremdherrschaft von euch. Du sagst: Stürzt, die euch beherrschen. Sie aber erwiderte: Nichts davon habe ich gesagt. Ihr sprecht euch selbst das Urteil. Sie erwiderten: Aber du meinst es. Sie sagte: Ihr wisst nichts von dem, was ich meine.

Viele wollten sie sehen. Die Polizei sperrte Straßen, untersagte Menschenaufläufe in großen Teilen der Stadt. Man fand sie in einem Außenbezirk. Sogleich sammelten sich jene, die sie hören wollten. Und sie sprach:

Erkennt, wem ihr euch unterwerft! Wer ist denn der Herrscher? Viele erwiderten: Das Geld. Die Macht. Die da oben. Die Anderen. Das System. Der Profit. Die Globalisierung. Da sprach sie: Der wahre Herrscher ist euer Glaube! Euer Glaube, dass dies alles so sein müsse. Eure wahre Krankheit ist euer *Unglaube!* Denn ihr glaubt nicht mehr, dass es anders sein könne. Ihr *wisst* es, aber ihr *glaubt* es nicht mehr. Eure Krankheit ist, dass ihr nicht mehr wahrhaftig seid. Dass ihr *selbst* euer Wissen, euer Herz, euer wahres Wesen unterdrückt und euch anpasst. Ihr seid es selbst, die sich zu Sklaven machen, weil ihr *gehorcht.*

Sie streckte ihre zarte Gestalt und rief mit sanfter Stimme: *Wenn* ihr schon gehorchen wollt, so gehorcht einer Göttin! Einige sagten: Sie spricht irre. Andere meinten: Sie lästert Gott. Wieder andere riefen: Wen meinst du? Sie sprach: O, ihr Kleingläubigen! Habe ich euch nicht alles gezeigt? Ihr wisst es doch alle! Einige riefen: Wir kennen keine Göttin. Sie sprach:

Und das ist eure Sünde. Wen meinst du? riefen sie wieder. Traurig ging sie von ihnen.

Die Führer der großen Kirchen distanzierten sich von ihr. Man erließ Verlautbarungen, in denen man den überlieferten Glauben bestätigte und beschwor – und sprach seinen Bannfluch über heidnische Kulte und Polytheismen. Sie aber verbarg sich in der Wüste der Stadt.

Ein Kind fand sie und sagte: Warum versteckst du dich? Sie aber sprach: Weil ich traurig bin. Und warum bist du traurig? fragte das Kind. Weil niemand versteht, war ihre Antwort. Ich verstehe dich, sagte das Kind. Da lächelte sie innig und küsste das Kind. Wer ist denn die Göttin? fragte sie es. Das Kind sah sie an und sprach: Das ist doch die Liebe. Und das Kind nahm sie bei der Hand, und Liebe führte die Liebe, und die Stadt war schwanger mit einer Göttin.

13

Und es gab einzelne Mädchen, die stillen und ruhigen, die liebten sie innig und abgrundtief treu. Sie folgten ihr heimlich und offen, still, fleißig und sanft. Niemals verlangten sie etwas, nie sprachen sie zu ihr und stritten auch nie. Sie waren schlicht glücklich, beschenkt und fast träumend, wenn sie in der Nähe nur konnten sein. Nie fielen jemandem diese paar Mädchen irgendwie auch nur geringfügig auf. Leis' flochten sie Kränze und suchten bescheiden sich hilfreich zu machen auf jedwede Weise ... dem einen Mädchen.

Und sie dankte es ihnen mit Blicken und Worten, und an jedem Abend segnete sie diese Schar. Nur fröhlicher dienten da jene, bescheiden und still voller Dank. Und niemals sah jemand rührender Mädchen als jene, die ihr so folgten. Da nahm sie sie einmal am Abend noch zu sich und hielt nur mit ihnen das Mahl. Dann sprach sie den Segen und sagte: Das Licht der Welt – das seid ihr. Und verwundert sahen die Mädchen sich an, und eine wagte zu fragen: Wir? Warum wir? – Ja, warum ihr? erwiderte sie nun und sprach dann die Worte: Weil ihr still leuchtet, wo sonst kein Licht. Weil ihr still handelt, wo's niemand tut. Weil ihr nie streitet, doch Milde stets kennt. Weil ihr das Licht liebt, so innig und treu.

Da wagte es eine und fragte leis': Nie sahen wir jemand wie dich, die so tapfer vertritt heilig Wirken. Bist du jene, die kommen soll? Und sie sprach: Das Licht ist euer. Ihr seht mit dem Herzen und seht auf den Grund. Schweiget zu jedem! Und wirket nur weiter, einig und still. Schließt euch zusammen, erkennet euch Schwestern – ihr seid das Licht, und die euch noch folgen. Gesegnet seid ihr! Die Krone des Reiches gehört nur den Lämmern, denn Wölfe sind viele, doch ihr Los ist Tod. Finsternis waltet in Seelen, die glauben, Kraft sei das Maß, das die Welten beherrscht. Ihr wisst es besser – und wollt ihr nicht herrschen, so tut ihr es schon. Denn das Maß aller Welten ist euer Licht.

Da weinten die Mädchen, unfassbare Rührung erfüllte ihr Herz, und die Seele ward leise von Glück überströmt. Sie sahen sich an, und es wusste nun jede das heiligste Ziel: Sie waren Schwestern, und Goldglanz der Liebe waltete innig in ihrem Kreis. Nichts war je stärker und inniger als das geheiligte Band, mit dem jede nun fühlte sich eins mit den andern. Und treuer war niemand.

14

Ein goldener Herbstmorgen war angebrochen, als sie im größten Park in der Stadt sprach, während die Menschen sich friedlich auf das Gras lagerten, entzaubert vom Glanz ihrer Sanftheit, die wie eine Sonne zu leuchten schien.

Erkennet es! sprach sie. Was euch stets von neuem verzaubert und euch, fern von euch, zu Sklaven macht. Wer seid ihr denn wirklich? Wer? Nehmt dies doch ernst! Jetzt seid ihr Verführte. Aber wer ist der Verführer? Ihr liebt die Materie. Aber kennt ihr die Seele? Ihr nennt sie Psyche, aber nicht einmal Psyche kennt ihr mehr!

Der Verführer sitzt mitten in eurem Herzen und in euren Köpfen – und von dort ergießt er sich in euren Willen. Ihr denkt, die Seele ist euer? Aber sie ist erobertes Land, und ihr macht gemeinsame Sache mit dem Verführer! Hochmut trennt euch von euren Brüdern und Schwestern, Kälte und Leere trennen euch auch von euch selbst. Ihnen habt ihr Einlass gewährt, sie betet ihr an, auch wenn ihr es nicht sehen wollt. Kälte nährt euren Hochmut, Hochmut nährt eure Kälte. Ihr liebt nicht mehr Demut – und Wärme nur so viel, wie sie eure Selbstheit nicht stört. Die Liebe kennt ihr nicht mehr, nicht einmal zu zweit. Ihr habt ihr Geheimnis getötet.

Und die Blicke der Menschen fragten: Was sollen wir tun? Da sprach sie:

Öffnet die Schleusen! Wagt es zu lieben! Hört auf zu besitzen. Hebt an, Euch zu schenken. Entdecket von neuem, was in euch das *Heilige* ist! Sucht die Befreiung, sehnt euch nach Höherem, denn Höheres *seid* ihr! Die beiden Verführer, sie ließen euch sinken – und nun seid ihr *Fremde* im eigenen Sein.

Lernt wieder zu *lieben*, beginnt mit dem Höheren, und liebet dies ganz! Die Liebe zum Höheren, eurer eigenen Natur, sie wird euch weisen. Ehret die Liebe, entehret den Hochmut, verlasst ihn von Herzen, flammt euer Herz rein! Seid *ihr* einmal aufrecht, so ist's euer Herz. Lernt euch verankern in Stille und Mut, in Sehnsucht und Treue. Dies sind die Kräfte und sind die Wege, die heilig euch führen aus der *Ver*führer Bann! Wollt ihr genesen, so werdet tief heilig, so *liebet* den Weg, der das Heilige nährt! Beweist eure Liebe, indem ihr *das* liebt, was die Liebe mehr als andres verdient – was euch rettet! Beweist eure Liebe...

Und die Menge war sprachlos, denn viele empfanden, dass aus Vollmacht sie sprach. Einige aber fragten: Ist sie nicht bloß ein einfaches Mädchen aus unserer Stadt? Sie aber sah ihre Gedanken und sprach:

Einige aber meinen, ein Mädchen könnte nicht wissen, dürfte nicht sprechen, würde nichts können. Ist es nicht so? Sie aber schwiegen, denn keiner war unter ihnen, der nicht fühlte, was hier geschah. Und sie sagte: Erkennet die Quelle eurer Gedanken, eurer Gefühle! Ein Mädchen – warum sollte sie nicht die Botin sein? Warum sollte durch sie die Göttin nicht sprechen? O, ich weiß, ihr wollt nicht mehr *glauben* – doch das ist der Weg. Nur lernt, zu erkennen, was Glaube dann ist! Er ist ein *Erkennen* – und heiliges Leuchten, das dem Erkannten mit aller Kraft folgt. Vorbei sind die Zeiten, wo Glaube entgegen Erkenntnis erzwungen, wo Unterwerfung gewollt worden war. Und falsch war dies immer! Schuldig war früh schon die Kirche, wurde Werkzeug der Macht, führte Menschen zum Himmel, doch mit ganz falschen Mitteln – und bekämpfte andere, reinere Seelen. Nichts davon diente der Liebe, nur die Verführer frohlockten und siegten!

Und innig rief sie: Im Namen der Liebe! Erkennet den Segen, der tief im heiligen Grunde in euren Herzen euch ruht! Und sie machte ein Kreuzzeichen sanft in die Luft und sprach: Jeden, der ein neues Leben beginnen will, taufe ich morgen.

Viele gingen für die Nacht nun nach Hause, andere lagerten sich, und ein Friede waltete über allem. Man trug Speisen zusammen, sie ging zwischen den Menschen umher. Nicht wenige weinten, jeder spürte den Segen. Viele sahen zum ersten Mal anderen Menschen wahrhaft ins Auge – und fühlten erschüttert Mysterien walten.

15

Und am nächsten Morgen strömten die Menschen geordnet zusammen, ein jeglicher wartend, bis die Reihe an ihm. Und erneut hüllte goldene Sonne das Geschehen sanft ein. Weihend lag Stille über dem heiligen Tun. Und leise und innig legte sie jedem ihre Hände zart auf das Haupt – und sprach heiligste Worte der Liebe zu einem jeden für sich, immer anders. Und ein jeder fühlte tief in das Herz dringen eine Flamme der Liebe – und fühlte ein unendliches Weben, fühlte Freude und Licht in der Seele und spürte: dies ist mein Eigenes, der Stein ist gehoben, kein Grab bin ich mehr! Dies war das Geheimnis: Sie legte nichts Fremdes ins Herz aller Menschen, sie wirkte *Befreiung*. Weichen musste das Fremde – und liebend trat Seele ans Licht neuer Tage, waren Herzen und Sinne wie *neue* geboren. Das waren sie wirklich, denn göttlich war sie und göttliche Hilfe stand Menschen hier bei.

Und als sie alle die Herzen geheilet vom Bann und dem Zugriff der wütenden Mächte, segnete sie alle noch einmal und sprach in den Umkreis:

Neu geboren sind Herzen und Sinne, weil ihr jetzt *ohne* Verführer empfindet und schaut! Doch habt ihr auch weiter den Ansturm der Mächte zu dulden. Es ist euer *Wille*, der einzig entscheidet – und stets dies getan. So hütet, ihr Brüder und Schwestern, den Willen – und fühlt, was ihr seid! *Ihr seid Götter* – Horte der Liebe, Blüten im Kosmos, einzigartige Träger der Zukunft! *Alles* bewegt und verändert die Liebe. Sie schafft neue Welten, sie schafft neue Zeiten, sie ist die heilige Wahrheit, die jedes Sein weiht. Und *ihr* seid die Träger, in euch soll sie leben und leuchten, ausstrahlend zu allem! Begnadend, befruchtend und segnend, alles verwandelnd in heilige Wärme – erkennet die Liebe! Sie ist euer Wesen.

Lasset nicht zu, dass verführende Mächte das Licht noch einmal verfinstern! Jetzt seid ihr rein und lebt in der Wahrheit. Erkennt, wie die Finsternis waltet und wirkt! Sie führt in Materie, die ihr nicht *seid*, sie lässet euch glauben, dass Finsternis Sein, dass Eigennutz gut sei – und schon seid ihr *fremd* euch geworden, habt Fremdheit als Sein euch erworben; lebt in und mit euch die Fremd-Macht, euch sagend, ihr seid es, gar mehr noch als früher! Der Finsternis Bande sind finster nicht immer, sie führen euch auch zu eigenem Licht – nur *fühlet*, dass Eigenlicht stets auch *verführet*, denn Liebe, sie schwindet, wenn Eigenlicht naht. Ihr könnt euch entscheiden, doch tut es stets blind! Wacht auf in dem Eignen und liebet nicht mehr. Dies ist die Tragik, weil ihr *wachsam* nicht seid! Die Verführer, sie siegen, weil Menschen nur schlafen – und schlafend genießen sie trügenden Lauf. Ihr seid es nicht selbst – und seid es wohl selbst, doch um welchen Preis!

Werdet erwachsen – hört auf zu schlafen! Traget Verantwortung für euer Tun! Nun gilt es das Leben, es ist ganz das eure – das *falsche* oder Wahrheitslichtglanz. *Ihr seid Hüter der Liebe – werdet Götter, nicht Hüter allein!*

Und viele baten: Lehre uns! Sie aber sprach: Ich gab euch mehr als das. Seht eure Brüder und Schwestern: Sie sind bereit, hinauszuziehen – ich sende sie wie Lämmer unter die Wölfe, und sie senden sich selbst. Denn ich bin in ihnen und sie sind in mir. Rettet in euch, was ich euch gegeben – und tuet wie sie, denn ihr seid berufen. Berufen seid ihr, denen einmal das Grab ihrer Seele gehoben. Ihr habt sie geschaut, die heilige Wahrheit, ihr habt sie gefühlt, die heilige Kraft – ihr seid es gewesen, seid es auch jetzt! Ihr braucht keine Lehre, ihr *seid* sie – *ihr* werdet lehren: durch euer Sein! Ziehet hinaus und bringet die Liebe, nur *dies* ist die Wahrheit. Die Zeiten der Lehren sind nicht mehr vorhanden, ihr braucht sie nicht mehr. Werdet erwachsen, die Lehre ist in euch, und mehr noch: das

Leben. Ihr seid begnadet, ihr besitzt alles – und Geweihte seid ihr! Drum bittet nicht, denn gegeben wird euch nicht mehr – denn mehr existiert nicht, seid *Gebende* nun! Verhüllet die Sonne aufs Neue nicht – geht! Ihr seid ihre Strahlen von nun an – für immer. Geht! Die Liebe ist mit euch, denn ihr seid Erwählte!

Und viele erwachten – und waren erwacht. Und sie bildeten Gruppen und webten Gemeinschaft und zogen dann aus, jeweils zwei oder drei. Und die Liebe zog mit, denn dies war ihr Reich. Zukunft begann, eine neue Welt brach herein, das Licht brach heraus aus den Gräbern der Herzen, der Bann war gebrochen, das Un-Reich getroffen.

16

Doch die Finsternis saß in den anderen Seelen – und sie verstanden nicht die Geheilten. Licht stieß auf Finsternis – und selbst halbe Finsternis wehrte sich, kämpfte, mit Spott und Verachtung. Die Liebe stieß gegen Mauern: der Angst und des Hasses. Doch sie bahnte auch Schneisen, manche schlossen sich an – und begriffen, befreiten verzweifelt von finsteren Stricken, von bannender Lüge und Selbstbetrug sich. Und suchten das Mädchen und ließen sich taufen und wurden geheilt – und wurden gesandt.

Aber die Finsternis ruhte nicht, und die Blinden rechtfertigten Blindheit und sprachen: Es gibt Offenbarung nicht mehr, das sind Träume. Lauft nicht dem Wahn hinterher, oder gar einem Mädchen! Nicht perfekt ist die Welt, doch ist sie die beste Auswahl, die möglich. Wachet nur auf und erkennet, dass ihr Betrügern nachlauft, eine Sekte allein ist, was ihr da seht! Andere sagten: Wir sind in der Endzeit, neue Christusse treten hier auf, also haltet nur inniger am Alten fest. Wir haben längst schon die Liebe, nur die anderen nicht. Und Dritte: Je komplexer die Welt, desto törichter Menschen. Gebt ihnen Hilfe, schickt sie zu Ärzten. Gern verschaffen wir Heilung vom Übel. Hier hilft nur Klarsinn – er kann leicht weichen, und unser Mitleid haben sie alle. Dennoch: Nichts hält den Lauf dieser Welt jemals auf. Machen wir weiter, die Zukunft ist unser! Und so noch viele, jeder auf andere, schmeichelnde Weise, überall Wahrheit, jeder verkaufte die seine.

Sie aber, die Eine, ging durch die Straßen und auf die Plätze und heilte die Menschen, und zahllose strömten zu ihr.

Da verbot man Versammlung, verhinderte Heilung, hielt an das Mädchen und wehrte ihr Tun. Sie aber sprach: Mit welchem

Recht fasst ihr mich an? Nicht angemeldet, so war die Antwort, sind die Aufläufe, die du erzeugst. Und sie sagte: Nie meldet die Liebe sich an – sie ergreifet das ihre, und wer ihr nicht folgt, hat sein Wesen verloren, und nicht wird er stehen im Buche des Lebens. Und man sprach: Das interessiert nicht, hier zählen Fakten, zählen Gesetze und staatliches Tun. Du hast verstoßen, gegen geltendes Recht. Wie alt bist du? Meint ihr, sagte das Mädchen, ihr wolltet mich schonen, wenn ich zu jung sei? Ihr Heuchler! Was wollt ihr schonen? Ihr seid Diener des Todes. Der Tod ist in euch, ihr wollt es nicht sehen. Nicht Liebe verbreitet ihr, sondern Tod. Wie das Innere, so sind die Werke.

Da sprachen sie: Die Gesetze sind nur die des Volkes, gemacht von dessen Vertretern. Sie dienen uns allen und sind zu erfüllen. Sie aber sagte: Das Allgemeine kennt der Verstand – Ausnahmen die Liebe. Die Liebe, erwiderten sie, zählt nichts im staatlichen Handeln. Da sprach sie: Gerade das ist die Sünde! Das Tor der Verführer. Ihr seid ohne Liebe, denn ihr vermauert ihr Wirken. So dienet dem Tode, da ihr andres nicht wollt! Und einige zweifelten – die entließ man, da sie nicht mehr gehorchten und ihre Eignung nicht mehr bestand. Und doch war sie ganz offensichtlich zu jung für Gefängnis und Erwachsenenstrafe. Man belehrte sie und verpflichtete sie, in einer Krippe für Kinder zwanzig Stunden zu helfen.

Da sprach sie: Ihr Heuchler! Merkt ihr nicht eure eigene Blindheit? Diese Kinder – zu welcher Welt verdammt ihr sie denn? Zu einer Welt *eures* Todes, den zu bezwingen ihr nicht willens seid! Gehet *selbst* in die Krippen, ihr Heuchler, und sehet das Licht dieser Augen. Lasst euch bewegen von dem, was ihr dort wohl noch sehet! Es sei denn, dass die Displays auch dort schon der Seelen Unschuld geraubt – und auch dann seid es *ihr*, die gemordet wie blind! Ihr seid Demokraten, Diener des Volkes – doch blind seid ihr alle. Was nützt es, Gesetze zu machen, die Verstandesprodukte nur sind! So seid ihr nur Diener des Todes, Thanatokraten – hört es, dies ist der Wahrheit tief reiner Klang. Ihr habt euch selbst von der Liebe getrennt – und verwaltet nun heuchelnd, was übrig noch ist. Ohne die Liebe regiert jedoch nichts mehr außer der Tod. Vernunft, so nennt ihr es, doch kennt ihr sie gar nicht! Die Vernunft – sie ist entweder Diener der Liebe oder *ist* nicht! Was ihr habt, ist nur der Verstand – und *er* ist Diener des Todes, ihr habt ihn dazu gemacht, und er euch.

Und sie ließen sie gehen, nur diesmal, denn Antwort hatten sie nicht.

17

Und sie taufte weiter – und heilend führte sie Seelen aus der
Verbannung heraus. Doch zuhauf kamen Störer und riefen:
Wer bist du, du Kind, und wofür hältst du dich, Mädchen?
Und sie wandte sich an sie und sprach:

Warum erkennt ihr nicht, wer in euch redet? Ihr bräuchtet nur
einen Moment lang den Zugang zu euren Herzen. Schon wür-
det ihr wissen, dass nicht *ihr* es seid, die so sprechen, dass ihr
mit Mächten lebt, die unterwerfen. Ihr liebet die Macht, weil
die Macht euch hat – ihr seid nur Sklaven und handelt auf
Wunsch. Nur *wer* diesen Wunsch hat, erkennt ihr nicht. Taucht
tief in euch, versinket und grabet, spürt nach eurer Seele, bis
ihr sie findet! Lasst eher nicht ab, als bis ihr gestoßen seid auf
eurer Seele traurigen Rest – und rettet dann *diesen*, denn er
ist ein Keim, wie klein nur auch immer. Ihr sperrt gegen die
Liebe euch, weil ihr euch viel stärker spürt *ohne* sie! Hochmut und Kälte sind großartige Diener des billigen Selbstge-
fühls, das ihr ergaunert! Aber merkt ihr nicht, dass nichts davon Eigenes ist, dass ihr *Trug* nur baut, aufbaut zum Ego?
Türmet ihr weiter diesen billigen Tand, so verratet ihr alles,
was ihr noch habt. Kehrt um, bevor es zu spät ist und bauet das
Wahre, erkennet die Seele! Die Seele ist heilig – warum liebt
ihr den Pfuhl? Liebt ihr Verderben, weil verdorben ihr seid?
Die Sucht nach Zerstörung, Niedrigkeit, Kälte? Wie konntet
ihr sinken, bis ihr nicht einmal merktet, was niederzieht – o,
wie schlimm ist eure Trägheit! Wacht auf, ihr seid Brüder,
fangt an, es zu *spüren!*

Manche verstummten, gingen nach Hause oder blieben und
schwiegen. Andere fuhren nur fort in dem Lästern. Sie spotteten, lachten und ehrten das Mädchen in triefendem Hohn: Heil
dir, o Göttin, wir gehorchen ja schon! Und sie schlugen sich

lachend auf Schultern und Schenkel, konnten nicht stoppen den Fall ihrer Seelen. Sie aber sagte:

Ihr wisst, was ihr tut, nicht – es ist euch nur Lust, euch zu suhlen im Spotten. Doch fließt in euch jetzt im Moment breit der Strom des Verführers, sein Blut ist euer und ihr seid die Diener! Wer nicht mehr spürt, wozu er berufen, als Mensch! – ist verloren. Umkehr ist möglich, und doch muss es fühlen das *Herz* allererst! Seid ihr die Mörder des eigenen Herzens, so habt ihr die letzte Rettung vertan. Es ist nur euer – ihr seid die Hüter, kein anderer sonst. Wenn ihr nicht wollt, ist's unmöglich zu ändern. Aber auch euch wurde einstmals die Liebe geraubt – und vorher gegeben. Sie ist der *Ursprung*.

Wenn sie der Ursprung ist, sprachen die Spötter, wieso ist sie dann Ende nicht auch? Sie ist es, sprach da das Mädchen, nur gewinnet doch Teil an ihr! Sonst werdet ihr nichts sein, denn ihr wähltet das Nichts. Und sie spotteten weiter: Wir sind das Nichts, und du bist das All, große Göttin! Erkläre uns doch, wie es kommt, dass du voll deiner Gnade herabstiegst zu uns, die wir nichts sind vor dir. Und sie sagte: Für jeden kam ich, nicht nur für euch – aber auch. Ihr begreift nicht das Schicksal, das euch erwartet, wenn ihr *kalt* bleibt. Hat euch die Kälte geführt in die Freiheit, so folgt ihr schon längst ihr zu *weit*. Wie war es möglich, dass euch euer Herz so vollkommen erkaltet? Selbst euch zu finden, wart ihr berufen, nicht, Kälte zu sein! Erneut verstummten gar manche, doch andere riefen: Wohlan! Nun sind wir's. Es lebe die Kälte, die selbst eine Göttin nicht auftauen kann. Ich kann es, sprach darauf das Mädchen, doch acht' ich die Freiheit. Ich triebe Dämonen nur aus, wenn ihr bätet!

Darauf trat einer der Spötter nah zu ihr, fiel auf die Knie und sagte: So tu es! Sie fragte: Hast du den Mut? Er sagte: Ich bitte. Da legte auch ihm sie die Hand auf und heilte – und nieder fiel er, der krank war. Nur Momente vergingen, dann kam er zu sich – und weinte und schluchzte. Stand auf wie ein Kind, fiel nieder von neuem, bat sie um Verzeihung – und sie küsste ihn zärtlich. Und weinend ging er von dannen, um für sich zu sein, ganz allein. Die Menge verstummte bis auf den Letzten. Jeder der Spötter schloss sich dem Schweigen erschüttert so an. Auch sie gingen in sich, begriffen nicht, was sie gesehen. Und während sie staunten, ging sie wieder fort, ließ alle zurück. Und still verließ nun auch jeder der Spötter den Ort des Geschehens.

18

Und sie ging aus der Stadt heraus, wo es noch nicht verboten war, sich zu versammeln, denn wieder folgten ihr viele. Und sie sprach:

Ihr folgt mir und sucht meine Nähe. Erkennet die Seele. Sie suchet das ihre und folgt diesem willig. Sie suchet das Schöne und kann es nicht missen. Was *sucht* ihr? *Erkennt* es! Und sucht es in euch. Bringt es hervor, ihr selber, das Schöne. Dies ist die Sehnsucht der Seele seit ewigen Zeiten – und ihre Bestimmung. Sie ist die Quelle, liebliche Schöpferin schöner Gedanken, Gefühle und Taten, alles ist ihres, sie hat die Schlüssel zur Schönheit in Händen! Sie hat die Kraft, sie hat den Weg, sie hat das Ziel. Alles ruht in ihr, verborgen und heilig – Herrlichkeit, Kraft und das Reich, das ihr verheißen. Strebt nach dem Wesen, das ihr selbst in euch traget, strebt nach der *Blüte* – dem Blühen des Keimes, der jetzt nur erst ruhet, verborgen in euch, weil er *zugedeckt* ist. Beseitigt die Mauern, eröffnet die Gräber, besieget die Mächte, die dies niemals wollen! Beendet Verführung, wo immer sie waltet, und *folgt eurer Sehnsucht!* Ihr selbst seid Erfüllung – seid sie einander, schenket euch tiefste, heiligste Wahrheit des innersten Wesens. *Machet euch wahr!* Ihr *seid* die Schönheit!

Und viele weinten, erkannten die Wahrheit, warfen ihn ab, den alten Menschen, und leuchteten anders, im Blick und im Wort, hatten verstanden, begannen den Weg...

Und eine Frau sagte: Da musste erst kommen ein Mädchen für dies alles, dass wir erkennen...

Und sie sprach: Ein Mädchen musste erst kommen – ja, du sprichst wahr! Warum wohl ein Mädchen – wisst ihr es *noch* nicht? Es liegt doch so nahe! Einst sagte ein andrer: Wenn ihr nicht werdet..., erinnert ihr es? werdet wie Kinder, so fuhr er fort. Ihr wisst, was er meinte – und wisst es doch nicht. Ihr fühlt es genau und zweifelt doch auch. Was meinten die Worte, was genau hieß dies? Und hätte er damals vielleicht schon gesagt: wie die *Mädchen* – was wäre geschehen? Nie wäre verstanden worden das Wort, das gesprochen, als – Mädchen nichts galten! So musste er sagen: werdet wie Kinder. Und auch das ist wahr! Denn Kinder sind frei noch von Finsternisbanden verführender Mächte. Erst *ihr* seid gefallen, habt nicht gesehen mehr Schönheit und Glanz, oder saht ihn zwar noch, aber wart es nicht *selber* mehr und fielet auch weiter und weiter heraus. Folgtet den Mächten und *wolltet* es auch. Denn ihr wehrtet euch nicht – ihr gabt wie befohlen *Kindunschuld* auf. So wurdet ihr ,Große' und meintet, ihr wäret reifer dadurch. Doch halb ist dies wahr nur und halb war geschehen unseligster Fall. Nun wart ihr ein Zwitter: erwachsen – und *leer*. Die Leere erfülltet ihr schnell und ach! so willig mit andrem, was menschlich nicht sollte genannt sein. Ihr wurdet nicht menschlicher, wurdet es minder! Und wisst es – denn wie sonst sind Kinder der Glanz eures Glückes?

Und nun die Mädchen... Unterdrückte seit jeher, sie durften nichts sagen, nichts tun und nichts lassen. Mädchen als Sklaven der Häuslichkeit, Freuden des Auges, sonst nichts! Und fleißige Bienen, gefällige Blumen, regsam und lieblich – das sollten sie sein! Und dann gab es Andere – ,Herren der Schöpfung', sie waren Krone, wo Mädchen nur Schmuck. Die Zukunft der Mädchen war, Gattin zu sein, Frau eines Mannes, die Mutter von Söhnen, eifrige Hausfrau, ein Schmuck ihres Mannes, gefällige Zutat zum Stande des Herrn. Der Junge bereits war ganz und gar Herrscher – Mädchen, sie waren zur Demut gemacht.

Und doch habt ihr heute nicht einmal *etwas* von allem verstanden, nur: Unterdrückung sei falsch – das ist alles. Der
Rest ist verloren, für den seid ihr Blinde, blinder als je!
Aber Mädchen, sie *waren* fleißig, gefällig, regsam und lieblich, sie
waren es auch! Niemand konnte sie zwingen, das Leuchten
war *ihres*. Habt ihr dies alles vergessen? O, tiefes Geheimnis!
Spürt ihr denn nichts? Was ist mit den Mädchen – was ist das
Ihre, wo liegt ihr Schatz? Ihr verließet die Zwänge, und doch
haben zwingende Zeiten etwas *gesehen*. Ein Mädchen zu zwingen, lieblich zu sein: es ist möglich. Einen Jungen: niemals.
Auch Tiger kann man nicht zwingen, zu blühen, und Blumen
nicht zwingen zu springen. Ein Mädchen aber blüht noch im
Springen! Ein Junge springt einfach, sein Wesen ist anders.

Und doch wird der *Anmut* Zeit kommen – berufen ist jeder,
ganz Mensch zu werden. Nicht Härte und Kälte, bloß Nutzen
und Kargheit, nicht Zahlen und Fakten sind menschliches heiliges Reich! Doch habt ihr verirret euch ganz in die Tiefe verführender Macht – und lobet nun Zwänge ganz anderer Art,
ergebet euch willig, seid ihnen gefällig, seid regsam in sinn-
loser, sklavischer Welt! Doch eins seid ihr niemals: lieblich
und blühend, wie Mädchen es waren. Mädchen, sie konnten
im Zwange noch hoher Geheimnisse Hüterin sein – begreift
es! Sie trugen in all diesen Zeiten den Gral eines Glanzes, den
die *Mädchen* besitzen. Tief ist ihr Wesen, das Leben zu hüten,
die Schönheit zu kennen, die Wahrheit zu lieben – mit Seele
statt Geist! Herz statt Verstand. Fühlen statt Denken. Nicht er-
zieht man die Mädchen, sie *können* es besser, sie hüten die
Gabe, die sie ihnen gab – die Göttin! Denn das ist das Mädchen: *ihr* Bild, wahr und schön!

Und einst wird der Mann darin folgen, wird *auch* sein wie sie
– nicht herrisch und gierig, nicht machtvoll und nüchtern,
verirret und kalt. Sondern *menschlich* und gütig, auch er wieder näher dem göttlichen Ursprung, der Leben ihm gab. Auch

er wird einst willig und regsam verführende Mächte, kettende Bande, tötende Kälte und hässliche Gifte aus seinem Wesen zu bannen sich eilen – und wird dann endlich den Mädchen und Frauen in gleichem, in hellem, in heilem Geiste begegnen, die Hände ihm reichend, dem Mädchen und sprechen: Jetzt bin ich wie du. Zwar Mann noch, nicht Mädchen, doch *Mensch* voll und ganz. Was du schon so lange mich lehrtest so offen, ich hatt' es vor Augen und war doch so blind! Jetzt seh' ich und fühl' ich und danke es dir. Nun tu ich wie du – und bitte dich innig, die Zeit zu verzeihn, wo ich unterdrückte dein Wesen, o Mädchen, blind war ich, unfassbar blind!

Und das Mädchen wird sprechen: Verziehen schon immer habe ich dir. Du warst mir der Bruder seit Anfang der Zeit. Du unterdrücktest nur Kräfte, nie aber mein *Wesen*, es leuchtete durch all diese Zeiten heilig hindurch. Jedoch das deinige, *dein* Wesen war es, das du die ganze Zeit unterdrückt hast. Herrscher warst du in diesen Zeiten – und doch der wirkliche Sklave: *Du* warst es, der unterworfen war abgründigstem Zwang, und merktest es nicht, denn du fühltest dich bestens – einem Frosch gleich im Topfe, langsam gekocht. Verführende Mächte wirken stets heimlich, geben noch Wohlsein, Irrtümer Lust! Das Menschsein zu schänden, nichts ist raffinierter, nichts täuschender, es ist *ein* übler Sumpf, der einem aber erscheinet als Berg. Man fühlt sich ein König, an der Spitze, ganz oben – und ist doch nur jämmerlich und tief gefallen, fern der Bestimmung, fern seinem Wesen, nur Träger der Leere, der man gehorcht. Nun bist du gerettet – auch du.

19

Doch dies, diese Zukunft – ihr müsst nach ihr streben! Ihr müsst sie auch wollen, die Sehnsucht auch spüren. Verharrt ihr in Selbstheitssucht-Blindheit, so werdet ihr gänzlich gekocht, und ein Nichts ist die Folge in eurem Herzen. Ihr vergehet in Leere, wie ein Maul, das sich selbst frisst, weil es sonst nichts mehr hat! Es gibt nur die Wahl zwischen zwei offnen Wegen: Gut oder Böse – ein drittes ist Trug! Zwar könnt ihr noch glauben, ihr könntet auf ewig so treiben und irren und alles sei gut. Doch das ist nur Täuschung eigener Faulheit, die sich nicht bewegt. Nicht aber bleibt die Zeit jemals stehen, und was ihr *nicht* tut, steht doch geschrieben – und die Zeit wird kommen, wo ihr es auch nicht mehr nachholen könnt. Die Gottheit ist gnädig, doch was hilft selbst dies, wenn *ihr* es nicht seid! Wenn ihr euch in eiserner Härte um euer eigenes Ziel bringen wollt? Und euch das Wesen mit eigner Hand mordet, weil ihr nichts anderes mehr wollen könnt! Dann seid *ihr* schuld, niemand anders – denn ihr habt gewählt und wolltet dies. Einst lebt die Zukunft in einer Sphäre, die Reines nur tragen kann, euch aber nicht! Wer dann es wählte, selbstisch und träge zu sein bis zuletzt – der wird dann sterben, auch in der Seele, denn er war faul bis in den Kern. Und wie ein Apfel, der faul ist, fällt er ab vom Baume des Lebens.

Aber, ihr Männer – euch trifft noch *mehr* Schuld als nur die, eigne Entwicklung versäumet zu haben! Ihr unterjochtet die Mädchen und Frauen so sehr, dass sie vergaßen, was *sie* noch gewesen. Statt von ihnen zu lernen, erhobt ihr Materie und Macht zum Gesetz! Und schließlich folgten die Frauen und wollten *ihr* Stück vom Kuchen, die Hälfte. Vorbei war die Zeit bloßer Sklavin – und auch für die Frau brach der Irrtum nun an. Sie befreite sich eifrig und kämpfte um Rechte, gewann sie und tauschte die Fesseln, statt jener nun diese, dem Manne nun ‚gleich'! Doch war auch der Mann bloß Gefangner – welch Tragik! Die Frau wollte das, was der Mann immer hatte, doch Sklave war *er*, nun auch sie. Sklaven der Macht, Kämpfe um Macht, Sklaven der Selbstheit, Lust und Genuss war nun der Schlachtruf, und blind stürzte man immer tiefer ins Unheil, fühlte sich wohl und täuschte sich eifrig.

Und so hatte die Macht der Verführer den Sieg sich errungen. Wenn der Mensch den Genuss und die Lust anzubeten beginnt, verfällt er dem Irrtum, ist es bereits, hat im Ringen von Gut und Böse die Seite der Dumpfheit und Selbstheit gewählt. Nicht mehr leuchtet sein Auge, wenn Ideale es schaut – und es *schaut* nicht einmal mehr Ideale, denn es blicket nach *unten*. Nicht leuchtet es mehr, wenn Schönheit sich zeigt, denn es kennt nun allein das Begehren. Nicht mehr leuchtet das Gute im Herzen, denn die Lust ruft allein. Und tiefer noch sinken – man kann es kaum mehr. Den letzten Schritt, das ganz bewusst Böse – nicht braucht es ihn! Er wird einstmals kommen, es liegt an der Kette der Mensch ja schon längst. Nie aber kann er aus solch Egoismus sich ringen ans Licht schöner Seelen, wenn er nicht tief, tief erkennet Irrtümer Grab. Tief schon gesunken bleibt einzig die Hoffnung, dass in seinem Herzen *Sehnsucht* entkeimt. Sie allein rettet aus finsteren Tiefen, die einen tiefer nur ziehen, stetig es tun. Vertreibt man die Sehnsucht, sie noch als letztes, ist alle Hoffnung traurig vertan. Am Ende steht Leere. Man wird es noch merken. Zu spät – ach! zu spät. Nun folgt der Lohn...

Aber die Mädchen! Sie hegten die Hoffnung, hüteten Schönheit, bewahrten die Güte, und auch die Demut war nur ihr Schutz – gegen die Kälte und gegen machtvoller Gier schleimig fangendes Netz. Die Augen der Mädchen – solange sie leuchten, weil in ihren Herzen der Traum und das Wissen um des Menschen Bestimmung noch heilig lebendig und sicher gehütet, solange wird leuchten *der Himmel* direkt hier auf

Erden! Mädchen sind Boten, sie waren es immer, und ihr habt es nur nicht, niemals gesehn! Ihr saht es und nahmet die gnädige Botschaft trotz allem nicht auf. Bis auch das Licht dieser Augen, der Mädchen, schleichend, allmählich, langsam erlosch. So seid ihr schuldig an ihnen und euch. Erkennet doch jetzt, was Mädchenart ist!

20

Allzu lange schon habt ihr verachtet, was menschliches Wesen, ja hieltet euch Männer für stolze Besitzer desselben –
und wart es nicht halb! Die heilige Hälfte hatten die Frauen,
und ihr habt hochmütig sie unterdrückt!

Götter schuft ihr, gar ein Gott allein sollte Schöpfer von allem nur sein. Und die Gefährtin Produkt einer *Rippe*, nichts
Halbes, nichts Ganzes – tief ließ't ihr sie sinken! Sie durfte
nicht sprechen, sie durfte nicht handeln, sie durfte nichts sein
außer Sklavin, wie ihr sie wolltet, nach eurem Wunsche. Ihr
nahmt euch das Recht, die Frau zu beherrschen, weil nur vom
‚Gott' ihr stets spracht. Und von dem Sohn und von dem Geist,
heilig und männlich! Dreimal der Mann, ihr braucht es nicht
leugnen! Männlich nur dachtet ihr göttliche Welt, männlich
war Gott, göttlich der Mann. Gnädig nur ließ man die Frau
existieren, doch hielt man sie mühsam für menschliches Wesen. Aristotel schon sagte: verkrüppelt. Stets war sie ein *minder* wertiges Ding.

Stets waren es wenige, einzelne Menschen, die euch die Wahrheit doch sagten. Die das weibliche Geheimnis wussten. Die
Weisheit Gottes – sie war ja weiblich! Sie war Sophia, und
leuchtenden Glanz webte sie in den Kosmos, Persephones
Spur trug er heilig im Herzen. Und die Scheschina, die Doxa,
die Macht und die Herrlichkeit Gottes – stets war sie weiblich! Wie auch die Anmut, die Gnade, die segnende Kraft, das
Leben, die Liebe! Dies alles ist Wesen und Weben der *Göttin*. Und auch die Engel stelltet ihr männlich stets euch nur
vor – und dachtet, Maria wäre beim Nahen des Engels scham-
haft errötet! Sie aber, das Mädchen, versetztet ihr eilig als Jungfrau gen Himmel, um doch auch *etwas* Weiblichen willen. An-
statt zu erkennen, dass auch Engel Mädchengestalt haben. Die

tiefsten Geister ahnten es lange, doch fehlte der Mut, es auch zu spüren! Und immer und immer hieß es nur: Männer. Männliche Engel, männliche Götter, männlicher Geist und Mann-Religion. *Teilhaben* durfte die Frau, doch dies war schon alles.

Keuscher Jungfrau Geheimnis spürte man stets – und verstand es doch nicht. Doch gab es auch Zeiten, wo man gar *erkannte*, dass Frauen heiliger seien als Männer. Es änderte dies aber nichts an dem Leben, denn männlicher Hochmut regierte weiter. Einen Thron gab man den Frauen – und hielt doch am eignen nur eiserner fest. Sah auch das Ziel des Menschen nur männlich, sah nicht die Wahrheit. Männliche Hybris verbog und verkehrte epochenlang jeglichen Blick! Und tief faul ruhte männlicher Geist auf Gegebenem aus – niemals sich fragend, was *wirklich* Geheimnis des Göttlichen sei! Nur die Größten sahen den Blitzstrahl der Liebe – er war nicht männlich! Sahen ihr Wirken, in sanfter Gnade – sie war nicht männlich!

Und wenn die Gottheit männlich erschien, weil die Menschheit selbst zwei Geschlechter bekam und sie *eins* also wählte, so nur, um auch diesem Geschlecht die Wege der Liebe zu weisen. Die Frauen kannten sie schon! Man lohnte es schlecht, denn auch Er, der erschien, um zu wandeln, Verwandlung zu bringen, auch Er ward missbraucht für die Macht-Religion! Die zu weibliche und menschliche Liebe lehnte man ab!

Die Bilder der göttlichen Welt in den Köpfen der Männer sind grundsätzlich falsch! Sie kennen Vergeltung und Strafe und Leistung, oder wörtliche Starrheit, ein Klammern am Buch! Nirgendwo Freiheit, nirgendwo Liebe, nirgendwo sanfter, anmutiger Glanz. Immer nur Kämpfe und Sünde und Strafe, immer nur Dunkel und Streit und Konflikt. Das ist nur *männlich* – und nach seinem Bilde formt der Mann die Religion! So aber sah und spürte er niemals die Wahrheit – oder meinte noch, diese männlich deuten zu dürfen. Die Wahrheit ist Liebe! Die Wahrheit ist Anmut, ist Sanftheit, Freundlichkeit, liebliche Freundschaft. *Dies* ist die Wahrheit – nicht Kampf oder Härte, nicht Strafe und Ringen, dies nur für *den*, der vom machtvollen Bande verführender Fessel nicht lösen sich kann! Doch ist es so einfach – denn lächelnd tut Anmut den schwersten der Schritte. Soll dies für immer der *Mädchen* Wesen nur sein? Einst wird sie menschlich! Nichts ist so leicht wie: das Gute zu finden und es zu lieben. Werdet wie Mädchen – und ihr könnt es auch.

Begegnet einander wie Brüder und Schwestern, und haltet Eintracht in schwerer Not – und in eurem Wohlstand beendet das Haften an Stoff und Materie, denn niemals fand je eine Seele die Liebe, die sank in besitzende Bande und liebte Genuss! Dies ist nur noch Begehren, Genießen und Selbstsein – die *Liebe* ist längst schon weltenentfernt! Ihr ist eigen ganz anderes Fühlen, zarter, ätherischer, edel und sanft. Sie geht über Wasser, sie heiligt die Seele, sie lebet im Herzen – und *Stoff* ist ihr Grab! Findet die Schönheit, aber nicht den Besitz. Die Liebe ist heilig – und so sei euer Herz. Dann seid ihr *Freie*, dann hat der Verführer die Macht schon verloren, denn nun führt die Liebe, und ihr seid es selbst. Und unsichtbar mit euch wandelt das Mädchen – denn ihr seid es selbst. Erkennet die Wahrheit, das Mädchen ist Göttin, die Göttin ist Mädchen, die Liebe ist sanft – mehr als ihr ahntet. Was schon immer die Mädchen euch zeigten, war Botschaft und Gleichnis heiligen Leuchtens. Blickt ihr in Augen von Mädchen, so seht ihr den Gral.

Die Augen sind Spiegel der Seele, die Seele sei Tempel – entflammt eure Sehnsucht, das heilig Geheimnis, es werde wahr! *Mensch* sei der Mensch, nicht einfacher Erdling, sondern Hüter des Alls! Und so erkennet: Bestimmt seid zu Göttern ihr schon seit langem, seid *Mädchen* und werdet die Träger von Höchstem! Wer sich verliert, der wird sich besitzen – und wer zu besitzen sich meint, der verliert. Das Höchste steht offen nur dem, der hinaufstrebt, unsagbar ist, was dann sich ereignet. Wenn Seelen sich wandeln, wenn Herzen erstrahlen, zu Sonnenkraft werdend, aus Toden erwacht! Werdet zu *Menschen*, haltet euch nicht mehr ans Enge, heiliger Aufbruch sei euer Herz. Das Herz eines Mädchens hat keine Grenzen – und dies allein, hört es! ist heilig-menschlich. Verlegt euer Dasein ins innere Leben, haftet an nichts, beginnet zu leuchten! Erhebt euch von lastendem, vereinzelndem Bann! Das Eigne sei gerade nur eure *Liebe*, hier liegt die Wahrheit des eigenen Ich! Hier findet jeder die heilige Wahrheit des eigenen Wesens, hier lebt das Wunder, hier lebt das Leben!

Gesegnet seid ihr, die den Weg jetzt schon lieben, ersehnen und gehen, mit heißen Herzen! Der Mensch ist bestimmt zu heiligem Wirken, und noch wisst ihr nicht, wie weit dieses reicht – der Himmel ist euer, tragt ihn im Herzen, brecht auf wie die Mädchen, die schon immer euch führten!

21

Und viele baten darum, von ihr getauft zu werden, und sie legte einem jeden von ihnen die Hände auf, und machtvoll spürten sie das neue Leben und ließen es tief in ihrer Seele Fuß fassen.

Manche aber gab es, die waren unwillig, nur gekommen, um zu schauen, lüstern, zu sehen und Sensationen zu spüren, weil sie sonst nichts hatten und ihr Leben leer und gehässig war, ohne dass sie es wussten. Diese sprachen: Leeres Gerede, Sektengetue, nichts ist so billig wie dies zu durchschauen! Selbstsuggestion und schwache Ich-Kraft – sehet die Masse, die Illusion braucht! Lächerlich simpel – unfähig sind sie, schlicht einfach nicht stark genug für dieses Leben. Sie brauchen ‚Gott‘, jetzt sogar ‚Göttin‘! Ein Mädchen, das irre spricht, ist ihre Maid! Lasset sie ziehen, Dummheit stirbt nie.

Und empört brausten andere auf und beschimpften die Spötter, ja wollten Gewalt ihnen antun, aber sie sprach: Lasset sie ziehen, sie haben das Urteil sich selbst schon gesprochen! Was hilft es, zu rechten mit ihnen, wozu? Zu rechten ist *Liebe* nicht auf der Erde – einst werden sie spüren, was sie getan. Ihr aber wirket, dass Licht in euch wachse nur fort und fort. Nähret die *Wärme* in euch und nur diese, leget das Alte vollständig ab! Noch seid auch ihr längst nicht völlig gerettet, geheilet nur zärtlich für eigenen Weg! Gehet ihn treue – und liebt seine Tiefe, liebt heiliges Reinwerden ganz! Nicht lenke euch irgendein feindlicher Wille, nicht Aufruhr der Seele um Winziges ab! Ihr seid zu *lieben* nun auf dem Wege, ihr seid die Bringer von Sanftheit und Heil, heilendem Wirken, *nur heilend*, nichts andres – so lebe in euch auch nur dieses, so schneidet nun ab den ur-alten Menschen, der kämpfen will, auch für das Gute. Die Liebe, sie kämpft nicht – sie gibt sich und wird zum Opfer derer, die sie nicht verstehn. So lehret die Brüder, nicht widerstrebend, sondern nur gebend!

Und spottend fiel einer der Falschen nun ein, sprechend: So gib mir 'nen Kuss, du nettes Mädchen! Nimm dein Wort ernst, und komm her, weil du musst! Sie aber sprach: Ich muss niemals, doch tu ich es gern. Und sie nahte sich huldvoll mit zarter Gestalt. Ehe der Spötter ein Wort noch verlor, küsste sie zärtlich Lippen, die Kälte hatten verbreitet – und es vergingen bange Momente, die anderen Spötter fragten sich, was nun geschieht. Doch dieser Eine, von Liebe getroffen, sank nieder, umarmte hilflos die Knie des schönen Mädchens und flüsterte bittend, sie möge verzeihn. Als sie da mit sanften Händen statt weitrer Worte den Segen nur sprach, erhob er sich in stillen Tränen und zitternd vor einer brandenden Tiefe neuer Gefühle. Und mit gesenktem, heiligem Haupte, tief still in der Reue und ungläubigen Demut, ging er von dannen, sah niemanden an, erst recht nicht die Spötter. Auch diese verstummten, sie höhnten nun nicht mehr, zugleich wagte niemand für sich einen Kuss. Angstvoll verweigerten heilige Rettung sie und standen ratlos auf halbem Weg. Manch einer sehnte sich insgeheim deutlich nach einem Kuss des heilenden Mädchens, doch feige war'n alle – und keiner von ihnen zeigte den Wunsch, der tief innen erwachte.

Ihr wisst, wo ihr mich findet, sprach da das Mädchen – doch findet euch selbst! Erkennet das Wahre, was euer eigen – und auch den Sumpf, der euch verdirbt! Euer Verderben, es ist aufgehalten, nutzet die Gunst, die euch geschenkt! Suchet die Liebe, die auch in euch wächst und wuchs – und wieder wird! Doch es ist *euer*, nur euer Wille – so wählt, wieder neu! Es ist euch gegeben, ihr seid nun frei – frei, euch zu lösen. Wer es nun *will*, der lasse sich taufen – und küssen, so er es wünscht. Jetzt bin ich euer, ich bin es nicht immer, nun bin ich da, euch zu helfen. Bald aber werdet ihr wieder aus Eignem den

Weg gehen müssen. Doch fürchtet euch nicht! Auch dann bin ich bei euch, in andrer Gestalt.

Hilf mir, o Mädchen! sprach da der Erste der restlichen Spötter und nahte schon zögernd sich, beugte das Knie. Und bald schon folgten von ihnen noch manche, und sie heilte alle. Es ging ihnen ähnlich, doch war ihre Gnade, dass sie bewusst sich schon entschieden hatten. Halb fühlten sie nun sich vereint mit den andern und diese nahmen sie von Herzen auf. Und Tränen der Reue und Freude erfüllten das Rund, das den Segen erlebt. Und herein brach der Abend, als das Wunder geschehn.

22

Und sie sprach zu uns und sagte: Ich bin nicht mehr lange bei euch, nicht in dieser Gestalt. Doch wisset, die Liebe ist ewig – und wartet ewig auf euch! Eines tut not und rettet die Herzen, die Seele, das Wesen – ihr wisst es und habt nur die winzige Bürde, Gewusstes zu *wollen*. Vertraut nicht Gewohnheit, denn damit verratet ihr Seele und Herz. Nur einen Weg gibt es, das Heilige treu und wahrhaft zu hüten – es muss euer Wille die Hingabe lernen! Die Seele folgt stets ihrer Sehnsucht – so lasst eine Flamme der Sehnsucht entbrennen! Verweigert euch Wegen des Alten, des Bisher – und brecht wie die Sonne durch finsternde Wolken. Seid aufrichtig, tief und heilig entschlossen. Im Innern der Seele lebt die Entscheidung, lebt Kampf zwischen Lauheit und *Leben*.

Verratet die Seele nicht an schlimme Halbheit, verkauft euch nicht an das halbherzige Leben, das keines ist. Es gibt nur eine wirkliche Treue – spürt, wozu ihr bestimmt seid, und spürt die hemmenden Kräfte, die stetig in Flachheit euch verführen wollen! Nur, wer die Hingabe kennt, wird er selbst sein – alle anderen verraten das ihre. Sie leben fremdes Leben, ohne zu wissen; dienen den fremden, herabziehenden Mächten; fühlen sich wohl in schlimmem Nicht-Sein. Begreift, was ihr aufgebt, wenn ihr nichts spürt! Alles, was Wert hat für euer Wesen, ist zutiefst bedroht. Ihr könnt nicht dahinleben, wie ihr es tatet – ihr mordet das Menschsein. Fühlt doch den Ernst der Entscheidung – wer nur *halb* lebt, verrät sich! Nicht bestimmt seid ihr für Spaß und Genuss: Was ihr so nennt, führt euch weg von dem Wesen, das heilig in euch längst wartet zu blühen. Selbstsucht ermordet das Wahre, das heilige *Sein*.

Und wer das Heilige bequemlich verrät, statt es lieben zu lernen, verrät ganz sich selbst, macht schon im Leben zunichte sein Wesen – und wird im Tode Nichtigkeit leben. Das Tor des Todes ist streng und wahrhaftig. Und spätestens dort dann werdet ihr wissen, dass nur *selbst* ihr betrügen euch konntet, doch dann ist's zu spät! Und nicht ändern mehr könnt ihr dann, was ihr nicht wolltet, als ihr's noch gekonnt! Nur Treue und Ernst und echte Entscheidung – sie werden im Tode als solche erkannt. Anderes aber verfällt dem Vergehen wie Blätter im Herbst, die niemand mehr sucht. Die Entscheidung ist euer – doch was ihr auch tut, entschieden habt ihr! Nur ihr kennt die Halbheit, der Geist und die Seele tragen die Folgen – sprecht nicht von Strafe! Nichts sonst wird es sein, als was ihr gesät! Ihr seid der Sämann – dann kommt der Schnitter. Was ohne Frucht, wird dann zu Nichts. Ihr habt gewählt – und sei's durch die Nicht-Wahl. Auch das war Entscheidung. Der Tod handelt nicht! Erkennet den Ernst.

Nur Hingabe findet das Leben des Lebens, die Kräfte, die todüberwindend beleben, was ewig zu sein schon ewig bestimmt war. Nur Hingabe findet das Leben, das jeder bestimmt ist, zu *sein*, zu gewinnen! Im Reiche des Ewigen lebt nur das Reine, das Treue, das Wahre. Seid ihr nicht wahr, so werdet ihr Nichts. Wer sich verleugnet, der hat die Ernte: Er spricht sich das Urteil. Spaß und Genuss sind seine Zeugen. Er hat verraten, was seine Mission. So seid nun gesegnet – so sprach sie – und fühlet, was in euch in Wahrheit aufblühen will! Spürt, was schon lange der Hingabe harret, zu der die Seele so sehr bestimmt! Spürt eure Liebe, die ihr unterdrückt, machtvoll und angstvoll, entschlossen und furchtsam! Spürt, wie ihr weglauft vor eurem Mut! Spürt eure Sehnsucht, die ihr vor kurzem noch nicht zu haben achtlos gemeint! Findet den Ernst, und wenn nur Sekunden ihr finden ihn könnt! In diesen Sekunden dann wisst ihr, was wahr ist und heilig – und was die Entscheidung. Und diesen Momenten dann folget – folgt eurer Sehnsucht, folgt eurem Mut! Folgt eurem Wissen, folgt eurem Herz! Folgt allem, was in euch ruft, zu *beginnen* – zu beginnen, was Leben muss werden. Jetzt seid ihr tot – und wisst es. Erinnert euch täglich!

Ich gehe von euch – doch werde in Wahrheit nie fort sein. Ich bin bei euch bis an das Ende – das einst wird ein neuer Beginn, für alle, die nicht verleugnen, was ihnen anvertraut ist. Wann immer ihr Mut braucht, erinnert euch meiner und lebt in der Kraft, die ich euch gebe. Die Seele ist heilig. O lasset zum Tempel sie nun wieder werden! Seid Sehnsüchtige, Suchende, tiefgründige Menschen, liebet das Wahre, das Gute, das Schöne – und nicht die Gier nach Materie, Zerstreuung, nach Annehmlichkeiten und Lauheit. Tragt Flammen im Herzen – und hütet sie heilig! Hütet sie heilig!

23

Mit diesen Worten ging sie und ließ brennende Herzen zurück – Seelen der Freude, die endlich nach so langer Zeit nun wiederfanden das Leben, das einst der Seele gegeben und in schönerem Blühen verheißen. Und Menschen blickten sich an und sahen, was sonst stets verschüttet. Seelen leuchteten Wahrheit, gaben wesenhaft Kunde – und rein blickte einer zum andern. Zukunft begann in den gegenwärtigen Seelen. Gewissheit floss staunend von Auge zu Auge, von Seele zu Seele. Und Menschheit hatte treuesten Kern hier gewonnen. Was jetzt im Herzen der Einzelnen lebte, verband in Liebe hier jeden. Und jeder fühlte: Es gab wieder Grund – heiligen Grund unter allem und hinter und über den Herzen, die tief jetzt sich fanden. Nicht war der Mensch, was er schien! Sondern tiefer, viel tiefer war Wirklichkeitsgründung, und höher und heiliger webten die Himmel, leuchteten Sterne heiligen Sinns. Hier war geboren ein neuer Kosmos – und zärtlichen Lichts begann tief neues Leben...

24

Und dann ... fand man sie am nächsten Morgen geschändet im Park. Man fand ihren Leib, preisgegeben den Blicken. Tot, und noch im Tode ein heiliges Wunder an Schönheit, so hieß es. Denn zugedeckt ward er von jenen, die kamen. Weiß, ganz in Weiß deckte man weinend, was wehrlos sich preisgab.

Und schneller als Flammen flog klagend die Nachricht vom Tod dieses Mädchens durch alle Lande. Überall weinte man um diese Eine, nirgends ein gleichgültig Herz, nirgends nur Gleichmut. An diesem Tag ging nicht einer zur Arbeit – unmöglich war jedem das Tun von gewöhnlichen Dingen. Zusammen fanden sich Menschen an jeder Stelle und teilten ihr Fühlen, die Tränen. *Ein* heilig Band der Gemeinschaft durchzog alles. Traurigstes Herzleid schuf Zukunftsgemeinschaft und inniges Leben. Trauerndes Leuchten durchwob alle Herzen. Ein Jeder fühlte weit mehr als je sagbar, und es segnete stumm eine heilige Fülle jede Gemeinschaft.

25

Drei Tage später begrub man den Leichnam, noch immer war sie schön wie der Schnee, schön wie die Sonne, liliengleich lieblich schien noch ihr Leichnam im Tode zu lächeln, meinte ein jeder, sie könnte sogleich mit der Hand, die so sanft war, die Umstehenden segnen. Doch nicht regte sie ihre Hand, die doch tot war – und doch strömte Segen durch alles, was folgte. Worte von einfachen Menschen waren die Zierde, als man ihren Sarg zuletzt schloss. Und ein heiliger Tränenstrom leitete diesen hinab in die Erde, die glücklich war, Bett ihr zu sein. Und viele wünschten, *sie* wären Erde, um noch im Tode nah ihr zu sein. Aber es fühlte ein jeder geheimnisvoll tröstend auch *andere* Nähe. Ein Wunder ließ Herzen still spüren, dass etwas geschah, was in Zartheit Verstand überstieg. Niemand fand Worte für dies Allerhöchste.

Am Abend aber fand man tot einen. Er hatte im Park sich erhängt, und ein Brief gab die Kunde, dass er es gewesen, der sie geschändet. Schuldig bekannte er sich voller Reue, wünschte keine Vergebung. Erschüttert las man dieses Bekenntnis. Denn ganz voller Hass hatte er schlimmsten Frevel geplant und begangen. Doch während er dies hassend tat, überwältigten ihn ihre Augen. Die sich nicht wehrte, sah ihn still an, und ein Strom brennender Liebe ergoss sich auf ihn, in jeder Sekunde, bis er im Wahnsinn vor Schmerz sie erwürgte, um diese Augen nicht mehr zu sehen. Aber sie blickten auch tot ihn nur liebevoll an, schrien die Zeilen, verfolgt von der Liebe wurde ihr Mörder nun quälend. In jedem Moment sah er Augen der Liebe, nur ihre Augen, immer nur sie. Er verbrannte lebendig in ihrem Feuer, heißeste Flammenglut glühte ihn aus. Eine Zuflucht war nirgends, das Feuer war in ihm, ihre Liebe sein All. Und ausweglos war er, verzweifelt, unrettbar – von Sinnen da floh er zur Stätte der Tat und nahm sich das Leben, das nur noch brannte.

Das karge Bekenntnis erschütterte jeden, und Hass war unmöglich, ein Bruder auch er. Zwar war unfassbar, gänzlich unfassbar die Tat, die begangen. Doch nicht konnte ungetan gemacht sie mehr werden. Nie aber wieder hätte er sie getan. Ein All voller Liebe hatte ganz ihn verbrannt. Wie würde einst er zurückkehren in neues Leben, vielleicht als ihr treuester Diener? Mysterien walteten. Liebe gewann. Ganz unaufhaltsam baute sie Reiche, fielen die Herzen zurück an die Heimat. Wunder geschahen.

26

Und niemals wieder verließ das Bewusstsein der Nähe des ewigen Mädchens die Menschen. Ein jeder, der ihr je begegnet, war heilig gesegnet mit ihrer Nähe, lebendige Siegel leuchteten Herzen ewige Wege, Geheimnisse kündend geweihterer Zukunft. Und Brüder und Schwestern begannen, zu sprechen von neuen Zeiten, von Liebe in allem. Jeder erkannte die alten Strukturen als überlebte. Die Bewahrer des Alten, die weiter versteinerten Herzens die Grabeswelt festhalten wollten und stetig beschworen, sie hatten verlorene Posten. Neues entstand an allen Orten. Auf blühte Gemeinschaft, auf blühten Bande, die freier gewoben, getragen von Liebe, Zukunft erweckten. Und unaufhaltsam stürzte das Alte. Unaufhaltsam stürzte Kapitalismus, stürzte das Ego, die eiserne Klammer, die um die Herzen lag, wurde gesprengt. Und heilend breitete Atem der Liebe sein Reich aus.

Treu aber gaben mit heiliger Sorgfalt die Menschen an ihre und andere Kinder weiter, was sie einst erlebt. Tief und lebendig schufen sie Bilder in Geste und Wort, die heiliges Zeugnis den Kindern nun gaben. Wie ein Wunder erstand das Mädchen von neuem stets in der Seele, die offen gegenüber dem Guten das Heilende aufnahm. Und von *diesem* getragen, ihr Bild treu im Herzen, erlebten die Seelen dann stets auch in heiligen Stunden das *Wesen* des Mädchens, lebendig und wirklich, in Gegenwart-Wunder. Und dieses Geschehen behütete heilig das *Leben* in allem, die heiligste Hüterin war sanft das Mädchen. Die Göttin!

Sie war die Liebe und ist es für immer. Und wer dem Mädchen treu bleibt, der bleibt in ihr und sie bleibt in ihm.

27

Dies war der Traum, und ich selbst bin seitdem nur ein Traum, denn die Wirklichkeit selbst hat in Asche verwandelt mein Ich. Nichts war so wirklich wie dies Geschehen. Aus tiefster Wirklichkeit webte sich alles und neigte sich gnädig dem Niederen zu. Du! Du neigtest Dich, zeugtest Dich unwürdiger Seele heilig-sanft ein. Und bist seitdem nie gewichen und brennest in mir. Wie eine Sonne vernichtet Dein Wille in Sanftheit mein Herz. Doch was Du vernichtest, es klaget sich hilflos der Unwürdigkeit an! Wer bin ich vor Dir, dass Du mich erwählst! Warum darf ich leiden Dein heiliges Brennen und andere nicht? Warum soll ich zeugen, Du kennst meine Qual. Ich bin ganz nichtig, ein totes Gestein...

Aber erneut Deine Mahnung, Dein Vorwurf, so sanft wie der Schnee! Und Du verbrennest und heilest, und beides ist eins – ach! wenn nur könnte ich dienen in Würde, ich wäre im Heil. Doch versagend vor Dir zerbreche ich jede Sekunde von neuem. O Prüfung der Liebe, wieso versenget die Zartheit mich ganz? Und ich klage umsonst, denn erbarmungslos bleibt Deine Gnade bei mir. Und ich wäre vernichtet, so scheint es mir sicher, wenn Du jetzt doch wichest. Denn zu Asche versengt Deine Liebe, doch Nichts war ich, ehe Du kamst. Was Du verbrennst, ist die Nichtigkeit selbst. Niemand erkennt, was als heiliges Leben in uns breiten sich will. Erst was zu Asche verbrannt ist und nochmals *als* Asche dann, erst was völlig vernichtet und aufgelöst ist, in Deine Sanftheit, zunichte gemacht – erst dieses dringt tief in der Umkehr ins Leben zart ein. Erst hinter der Zärtlichkeit Grenze lebt offenes Land. Erst wenn du geborgen im Nichts deiner Blöße, erst wenn du gefangen in ohnmächtigem Heil, erst wenn du ohn' Ausweg erkennest, was längst nicht mehr sagbar – erst dann bist du Erde, das Saatbett, der Keim.

Und *dann* gibst Du Leben, verbrennst nicht mehr sanft, was da ist, sondern segnest in Fülle zart wachsenden Keim. Erst wenn ganz gestorben das Alte, das Schwache, genährt aus Vergessen und Faulheit und Scheinlebenswunsch, erst dann beginnt Tag!

O Mädchen, o heilige Göttin in Mädchengestalt – wie konntest Du wählen nur *einen*, wie wähltest Du *mich*? O könnte ich zeugen noch würdiger – o hätte ich Worte des Himmels, Lippen der Sonne, das Herz aller Sterne! Ich versuchte mein Bestes, ich zeugte so treu, wie ich konnte. Du allein weißt, dass Worte vergehen vor Deinem Wort! Niemand ermisst, welches Ausmaß mein Scheitern vor Deinem Wesen verewigt. Doch Du lächelst, als wüsstest Du, Scheitern sei unsre Bestimmung... Nein, vorerst nur. Zärtlich durch Scheitern nähern wir sanft uns der Sonne, uns Dir! Und du lehrst uns das Brennen. O lehre uns innigst! Überwältige zärtlich. O schone uns nicht...